चार दिन की जवानी तेरी

कहानी-संग्रह

चार दिन की जवानी तेरी

मृणाल पांडे

राधाकृष्ण प्रकाशन

ISBN : 978-81-7119-718-7

चार दिन की जवानी तेरी

पहला संस्करण : 1995
छठा संस्करण : 2024

मूल्य : ₹395

प्रकाशक
राधाकृष्ण प्रकाशन प्राइवेट लिमिटेड
जी-17, जगतपुरी, दिल्ली-110 051
शाखाएँ : अशोक राजपथ, साइंस कॉलेज के सामने, पटना-800 006
पहली मंजिल, दरबारी बिल्डिंग, महात्मा गांधी मार्ग, प्रयागराज-211 001
1, अनमोल सोराबजी संतुक लेन, धोबी तलाव, मरीन लाइंस, मुम्बई-400 002
वेबसाइट : www.radhakrishnaprakashan.com
ई-मेल : info@radhakrishnaprakashan.com

मुद्रक
बी.के. ऑफसेट
नवीन शाहदरा, दिल्ली-110 032

CHAR DIN KI JAWANI TERI
Stories by Mrinal Pande

प्रस्तावना

बृहत्कथा के लेखक गुणाढ्य : अप्रतिम प्रतिभा के धनी, संस्कृत के प्रकाण्ड विद्वान, राजदरबार के उज्ज्वल रत्न। राजदरबार भी कैसा, जहाँ जनभाषा प्राकृत या पैशाची की परछाईं नहीं पड़ने दी जाती थी। देवभाषा राजभाषा के महिमामण्डित वलय से घिरी वह विशिष्ट सभा जनसामान्य की पहुँच या सुनवाई के कतई परे थी। दिक्कत आई यह, कि स्वयं देवानां प्रिय महाराजाधिराज अपनी मेधावी राजमहिषियों के बीच बैठने पर देवभाषा संस्कृत में तनिक कच्चे प्रमाणित हुए। सुना अंतःपुर में इस पर बड़ी हँसाई हुई। एक तो खिंचाई, वह भी औरतों के हाथों ? सभा हिल उठी। तुरंत मुनादी पिटवाई गई। कम से कम समय में महाराज को जो कोई भी संस्कृत सिखा दे, उसे भारी राजपुरस्कार से सम्मानित किया जाएगा।

"एक वर्ष लगेगा कम से कम।" महाराज के मुँहबोले गुणाढ्य का मत था।

"मैं मात्र छः मास में सिखा दूँगा।" एक नए-नकोर शिक्षक ने सगर्व दावा किया।

"ऐसा क्या ? चलो, कर दिखाओ। वर्षभर से कम लगा, तो मैं स्वयं संस्कृत बोलना छोड़ दूँगा।" गर्वीले गुणाढ्य ने प्रतिचुनौती दी।

गुणाढ्य हारे। बोलती बन्द हुई।

संस्कृत बोलना बंद हुआ, तो राजदरबार के द्वार भी बंद हो गए। आत्मनिर्वासित, मूक गुणाढ्य पण्डित, नगर के बाहर पिशाचों की एक जंगली बस्ती में जा बसे। नंगे-काले-सूखे शरीर वाले वनोपज जीवी पिशाचों के सान्निध्य ने शनैः-शनैः दरबारी ऐंठ पिघला दी। गुणाढ्य का मौन टूटा। अब वे पैशाची बोलने लगे।

लेखक तो लेखक। भाषा लौटी, तो फिर एक बार मन अकुलाने लगा, क्यों

न पैशाची में ही कथा लेखन शुरू किया जाए?

समस्या आई? जंगली इलाके में कहाँ से जुटे मसि कागद? तब पिशाचों ने कहा कि फिक्र न करें पंडिज्जी। उन्होंने प्रस्तुत किया अपना खून और दिया अपना चर्म भी। लम्बी अवधि के श्रम के बाद, मानव की खाल पर खून से लिखी दुर्लभ कहानियों का एक बृहदाकार ग्रंथ, 'बृहत्कथा', बनकर तैयार हुआ।

गुणाढ्य के दरबारी संस्कारों ने जोर मारा, क्यों न पहली बार प्रति का विमोचन विद्वज्जनशिरोमणि, कलाप्रेमी महाराजाधिराज के करकमलों से राजदरबार में ही करवाया जाए? इच्छा व्यक्त होनी थी, कि पिशाचों की एक आज्ञाकारी टोली, सर पर पंडिज्जी का ग्रंथ उठाए जा पहुँची राजद्वार पर। भीतर सूचना गई तो राजसी नाकभौहें चढ़ीं। यह हिम्मत। छिः छिः, एक तो चमड़े का गंधाता रक्तरंजित ग्रंथ, वह भी पैशाची भाषा में।

भीतर भी नहीं घुस पाए अभागे पिशाच, राजद्वार से ही वापस खदेड़ दिए गए।

दोबारा मोहभंग हुआ गुणाढ्य का। कहा चिता जलाओ, झोंक दूँगा इस अभागे अनादृत ग्रंथ को उसमें। आज्ञाकारी अपढ़ पिशाचों ने चिता तो बाल दी, पर विनम्रता से मनुहार की, "भैया, जिस ग्रंथ को इतने मनोयोग से लिखा हमारी भाषा में, तनी हमें भी सुना दिया जाए, चाहे जो करो इसके बाद।"

यही हुआ।

धू-धू चिता जली, बड़े पत्थर के ढोंके पर पिशाचों के बीच बैठे कथावाचक गुणाढ्य। वे बाँचते जाएँ, पन्ने झोंकते जाएँ आग में। देखते-देखते एक बृहत्कथासरित्सागर ज्यों बाँध तोड़कर उमड़ पड़ा। आहार-निद्रा-भय-मैथुन सब बिसर गया। अनूठे कथाकार का भी और उसके विचित्र श्रोताओं का भी। धीमे-धीमे श्रोताओं में पशु, पक्षी भी तो आ जुटे थे। तन्मय एकाग्र हो, सचराचर वनप्रांतर सुनने लगा, युगों पुरानी युगों नई वे कहानियाँ। हजारों आँखों से कभी एक साथ अजस्र अश्रुधारा बहती, तो कभी गूँज उठता हजारों गलों का मुक्त हास्य।

होते-होते भूखे-प्यासे शरीर सूख चले। मनुष्यों के भी और पशु-पक्षियों के भी। उधर महाराज की पाकशाला में हड़कम्प मचा। महाराज बहुत कुपित थे कि सुस्वादु मांस की जगह उन्हें हड्डियों का बेस्वाद शोरबा क्यों परोसा जा रहा है?

बताया गया कि सुदूर वनप्रांतर में एक विचित्र यज्ञ चल रहा है। एक अधपगला-सा मनुष्य लाखों मनुष्यों—पशु-पक्षियों से घिरा एक ग्रंथ से कुछ वाचन कर रहा है। फिर उसे आग में झोंक रहा है, और मंत्रमुग्ध से वे सब श्रोता खाना-पीना-सोना भूलकर बस सुने जा रहे हैं, सुने जा रहे हैं। जब पशु-पक्षी आहार ग्रहण न करेंगे, तो सुस्वादु आहार बनेंगे कैसे भला!

राजाज्ञा हुई महाराज स्वयं जाकर यह विचित्र दृश्य देखेंगे। घोड़े कसे गए। रथ जुते। पूरा राजदरबार जा पहुँचा वनप्रांतर के बीच। जहाँ एक अद्भुत कथावाचन पर्व चल रहा था। वह अविस्मरणीय दृश्य नेत्रों में भरते महाराज अचानक बोल उठे, "अरे, यह तो अपना गुणाढ्य पंडित ही हैं न।" लपक कर जा पहुँचे पास। रूठे स्वजन को गले लगाया और शेष ग्रंथ अग्नि को समर्पित हो, इससे पहले उसे समेटकर बोले, "बस, अब नहीं। अब लौट चलो घर।"

कथा सभा बर्खास्त हुई। सभी लौट गए अपने-अपने घर। लोकश्रुति के अनुसार पंडित गुणाढ्य राजसभा में पुनर्स्थापित हुए। और उनके उस खण्डशः प्राप्त ग्रंथ का जनभाषा पैशाची से देवभाषा में अनुवाद किया गया।

अलबेले लेखक समेत अपने अनूदित रूप में ग्रंथ विद्वत्समाज में अमरत्व को प्राप्त हुआ।

कहानी गढ़ने वाले के बारे में किसी कहानी कहने वाले की कही बरसों पहले की कहानी, बरसों पहले सुनी।

दूसरी कहानी है ईरान के बादशाह खुसरों अनौशेरवान की। बादशाह आलम को किसी ने हिन्द से लाकर एक कहानी दी, जिसमें बताया गया था, कि हिन्दोस्तान के उत्तर में जो ऊँचे-ऊँचे पर्वत हैं, उनके बीच उगे कुछ दुर्लभ पौधे अपने में जीवनाम्बु, अमृत छुपाए हुए हैं। जीवन के उस अमृत की खोज में बादशाह आलम ने अपने विश्वस्त कोषाध्यक्ष, मुख्यमंत्री और कलाकार बुर्जो को भेजा।

(सुधी पाठक कल्पना करें कि क्या दिन रहे होंगे वे भी, जब एक कलाकार उपरोक्त तीनों कोटियों में एक साथ मौजूद हो सकता था।) बहरहाल, कथा पर लौटें।

हाँ, तो बुर्जो महोदय भारत पधारे। यहाँ आकर अपने ही जैसे ज्ञानी, कलाकार, और कहना न होगा मस्त सरफिरे कुछ भारतीय सन्त, साधुओं के साथ वे जा निकले हिमालय की ओर। बड़ी छानबीन के बाद इस जत्थे को अमरत्व

बूटी तो हाथ न आई, अलबत्ता मिले एक अन्य अलबेले सन्त, जिन्होंने कहा कि, बच्चा लोग, जिस संस्कृत कथा को पढ़ के बादशाह ने तुझे यहाँ दौड़ाया वह तो एक दुर्लभ ग्रंथ का छोटा-सा अंश है। और बच्चा, वह अमृत-तत्त्व जिसका वह अंश जिक्र करता है, वह और कुछ नहीं, वही दुर्लभ कथाओं का सम्पूर्ण ग्रंथ पंचतंत्र है। बुर्जो जी धन्य हुए। साधु से मिला कथा-ग्रंथ सिर पर धारण किए वे स्वदेश लौटे। गुणग्राहक बादशाह ने बात समझी। बुर्जो सम्मानित हुए और अन्ततः पहलवी भाषा में, "कलीलाह वा दिमनाह" (करटक तथा दमनक) नाम से उस अमृत ग्रंथ को अनूदित कर, ईरान समेत पूरे मध्य-पूर्व को पंचतंत्र की कथाओं का कालातीत खजाना थमाकर, अल्लाह को प्यारे हुए।

एक कथाकार के लिए, अपने समय के संदर्भ में, अपने लेखन के बारे में, सिर्फ ऐसी कथाओं की ही मार्फत, सिर्फ आनुषंगिक तौर पर ही, बात करना संभव होता है। कथा हो या कथा-लेखन की प्रक्रिया, मानव जीवन की तरह दोनों ही कभी भी न तो पूरी तरह परिभाषित किए जा सकते हैं, और न ही मानवीय कल्पना का अपमान करते हुए उनके निष्कर्ष चन्द सूक्तियों या फतवों में समेटे-सिमटाए जा सकते हैं। शायद इसीलिए लातिन अमरीकी लेखक गाब्रियेल गार्शिया मारखेज ने कहानी गढ़ने के परमानन्द की तुलना जो वायुमण्डल में तिरने से की है ("टैलिंग ए स्टोरी··· मे बिद ह्यूमन कण्डिशन दैट मोस्ट रिज़ेम्बल्स लेविटेशन!")।

लम्बे रास्ते की साथी कथाएँ मन में रखकर बरसों तक सुनने-सुनाने, पढ़ने, फिर-फिर पढ़ने के लिए होती हैं। इस दौरान हर अच्छी कथा में नए-नए पहलू पंखुड़ियों की तरह स्वयमेव खुलते चले जाते हैं। कई ऐसे भी पहलू होते हैं, जो लेखक खुद भी नहीं जानता। इसी से लोकश्रुति के अनुसार 'एक चादर मैली सी' पढ़कर शायद मण्टो ने राजिंदर सिंह बेदी से, कुछ ऐसा कहा था कि हाय कम्बख्त तू नहीं जानता कि तूने क्या लिख डाला है। और मानस के रचयिता कह गए कि "सत्य कहउँ लिखि कागद कोरे", और ऐसा ही कुछ व्यास ने उस आदि कथावाचक संजय के बारे में गणेश से भी कहा, "अहं वेद्मि, शुको वेत्ति, संजयो वेत्ति बा न वा—" "इस कथा का मर्म कुछ मैं जानता हूँ, कुछ शुकदेव मुनिमहाराज, संजय बेचारा जानता है कि नहीं मैं नहीं जानता।"

लेखक का भाषा से, कथाओं से, अपने पात्रों से अचानक साक्षात्कार, बेवजह

टकराव, नए परिवेश से समझौता, उसकी चश्मदीद गवाहियाँ और उसके जीवन का इस पूरे परिदृश्य से रिश्ता, यह सब ऐसी बातें हैं, जिनको किसी पंडिताऊ टीकावाद या दर्शन की भारी-भरकम व्याख्या के लौह-बंधनों में जकड़ना लेखक समेत कथाओं की जड़ों को कल्पना के रहस्यलोक से उखाड़ कर खलास करना होता है। कथा की आंशिक व्याख्या, बहुत हुआ तो, बस अन्य उतनी ही महान् कथाओं से, या सघन काव्य-बिम्बों की शृंखला बगल में खड़ी कर दर्शक को दिखाई भर जा सकती है। आगे का काम दर्शक की कल्पना ही करेगी।

यह सच है, कि टी. वी. के सीरियलों और एक बड़बोले नागर समुदाय से उपजी नारेबाज किस्म की कहानियों के एक विराट् भटकटैया जंगल ने हिन्दी साहित्य को, पाठकों की कल्पना को घेरना शुरू कर दिया है। पर मानव कल्पना की इस दुनिया को उजड़ने से शब्द ही अंततः बचा भी सकते हैं। बचाते भी हैं। इसीलिए पचास या पाँच सौ संस्करणों, चैनलों के बावजूद, न तो पत्रकारिता और न ही टी. वी., कथासाहित्य का विकल्प बन पाये हैं। न अपने यहाँ, न बाहर। अलबत्ता खबरों को वे भी 'स्टोरी' कहने लगे हैं।

अन्ततः कथा साहित्य कालातीत प्रश्नों के कोंचने से, ठोस इतिहास से जा टकराए कथाकार की चुनी-चुनाई अनुभूतियों, उससे उपजे आंशिक ज्ञान और आंशिक समाधानों के आईनों की ही एक लंबी लयबद्ध शृंखला होती है, और एक अच्छा कथाकार पाठक को उपभोक्ता नहीं साझीदार बनाता चलता है। जाहिर है उपभोक्ता बने जाते पाठकों में ऐसे जुड़ना कभी-कभी अलकस या आतंक जगाएगा। जगा भी रहा है। लेकिन फिर भी अच्छी कथाएँ छप रही हैं, पढ़ी जा रही हैं, और यह सोच जगह पाने लगा है कि बनी-बनाई सरल भाषा से, या मात्र लोकसाहित्य के दोहराव से साहित्य नहीं रचा जा सकता। आज के कथा लेखक को अपनी भाषा और अपना साहित्य लोककथा के ठीक समान्तर रचना होगा, उसकी अधकचरी नकल से नहीं।

कुल मिलाकर कथाएँ या साहित्य अंततः करते क्या हैं? कहा जा सकता है कि वे वही करते हैं जो फुर्सती दोपहर में बड़ी-बूढ़ियाँ करती हैं—पुराने धागों या दानों या सूत की अनेक, बेतरतीबी से गड्डमड्ड ढेरियाँ सामने फैलाकर, उन्हें लगातार छाँटना-बुदबुदाना, कभी क्रोध, कभी प्यार, कभी सिर्फ हल्के विस्मय के

साथ। शायद इसीलिए दुनियाभर में किस्सागोई की परम्परा पकी उम्र की बूढ़ियों से सहज जुड़ती जाती है। दाने बीनती फटकती, गुत्थियाँ सुलझातीं वे बूढ़ियाँ भी पीढ़ी-दर-पीढ़ी कथा-दर-कथा लगातार प्रश्न उठाती चली गई हैं, ऐसे प्रश्न, जो कभी एक मनुष्य (नचिकेता) ने मृत्यु से और कभी स्वयं धर्म ने यक्ष का रूप ध ार कर एक मनुष्य (युधिष्ठिर) से पूछे थे। यह चिरंतन प्रश्न और समस्याएँ एक नितांत छोटे और भंगुर मानव जीवन में भी समाधान के लिए सभी के आगे कभी-न-कभी आ खड़े होते हैं, वे सन्त हों या दुर्जन, मूर्ख हों या पंडित, ठग हों अथवा मस्त फकीर। इसीलिए कथाकार अक्सर सवालों का जवाब सवालों से ही देते हैं।

"··· एक लंबी जिन्दगी की अर्थहीन कहानी। इसके लिए कौन मुझे प्रेरित कर रहा है, कौन कर रहा है मेरी सहायता और किसका है यह आशीर्वाद! घास के एक तिनके की जिंदगी भी निष्प्रयोजन नहीं होती। मुझे इतनी लंबी आयु देने के पीछे क्या हो सकता है परमात्मा का उद्देश्य!"

[उड़िया कथाकार **फकीरमोहन सेनापति** की आत्मकथा से, पृ० 5]

क्रम

लड़कियाँ

जिस दिन हम लोग माँ के साथ नानी के घर रवाना हुए, बाबू ने एक सुराही फोड़ी थी पता नहीं जान-बूझकर या अनजाने में । पचाक । तमाम पानी-ही-पानी कमरे में फैल गया था। माँ ने धोती ऊपर कर पैर रखते हुए, दूसरे कमरे से कान लगाये सुन रही सरू की माँ से कहा था कि जरा पोंछा ले आये, तमाम पानी-ही-पानी हो गया है और उनके पीछे पैर-वैर रपट कर किसी की हड्डी-पसली चटक गयी तो एक और मुसीबत।

माँ को वैसे भी हर चीज के अंत में मुसीबत ही नजर आती थी। हम लोग घर में होते तो मुसीबत, स्कूल में होते तो मुसीबत, बीमार होते तो मुसीबत, भले-चंगे उछलते-कूदते होते तो मुसीबत—पोंछा लगाती सरू की माँ ने सिर तनिक टेढ़ा करके माँ से पूछा था कि इस फेरे तो तीनेक महीने रहोगी-ही-रहोगी, न ! माँ ने, जैसा कि इन दिनों उसकी आदत हो गयी थी, जाँघों पर हाथ रख कर वजन तौला और काँख कर बैठते हुए कहा कि हाँ, उससे पहले वे लोग आने देंगे थोड़े ही ना, "जा बाहर खेल" यह अंतिम आदेश मेरे लिए था, जो हमेशा की तरह हर गलत मौके पर हैरतअंगेज ढंग से किसी कोने में हाजिर पायी जाती थी।

कमरे से टूटी सुराही का एक टुकड़ा चूसने के लिए सफाई से उड़ा कर ले जाते मैंने सुना कि माँ, सरू की माँ, या जाले लगी छत से कह रही थी कि इस बार लड़का हो जाता तो उन्हें छुट्टी होती, बार-बार की मुसीबत ··· सरू की माँ ने हमेशा की तरह सिर हिला-हिला कर जरूर कहा होगा, "क्यों नहीं, क्यों नहीं।"

ट्रेन में मैंने लड़-झगड़ कर खिड़की के पास की सीट हथिया ली थी और फिर दूसरों को जीभ बिराई—ई ऽऽ, माँ की नजर अपनी ओर घूमती पा कर मैंने

हिल-हिल कर जपा, "इ से इमली, ई से ईख!" पर माँ का ध्यान इस वक्त मुझ पर नहीं टिका। उस पर इस वक्त कई मुसीबतें थीं—बिखरा जाता सामान, डगमगाती सुराही, थकान, हम तीनों, एक स्टेशन पर खूब मिर्ची के समोसे खरीदे तभी एक औरत ने बगल की खिड़की से अपने बच्चे को सू-सू करायी। मारे घिन के मुझसे समोसा नहीं खाया गया, मैंने माँ को दिया। उबले आलू का एक टुकड़ा सीट पर पड़ा था। उसे मसल कर जू-जू कीड़ा बना कर कुछ देर छोटी बहन को डराया। वह चीखी। माँ ने चिकोटी काटी, मैं रोयी। बड़ी बहन ने तब उकता कर कहा, "क्या मुसीबत है!" बड़ी बहन ज्यादा प्यार करती है। सिर्फ वही। बाकी सब गंदे हैं।

स्टेशन पर मामा लेने आये। मैं मामी की बगल में बैठी। मामी पान चबाती थीं तो उनके कान की लवों पर माणिक के बुंदे ऊपर-नीचे होते थे। ड्राइवर जितनी बार जीप का हार्न बजाता, हम तीनों बहनें मिल कर चीखतीं—पों ऽऽऽ। ड्राइवर, हँसा। घर पहुँच कर उसने मुझे और छोटी बहन को गोदी में लेकर जीप से उतारा। उससे चाय और बीड़ी की महक आती थी, उसकी मूँछें बड़ी-बड़ी थीं, और उसकी वर्दी का गरम कपड़ा चुभता था। नींद आती थी। उतारने में सुराही फिर लुढ़क गयी, पानी फैल गया, मुझे बाबू की याद आयी। और मैंने छोटी बहन की चप्पल को ऐसे दबाया कि वह गिरते-गिरते बची। "मुसीबत की जड़!" माँ ने दाँत भींच कर ऐसे कहा कि कोई और न सुने और मुझे हाथ से पकड़ कर औरों को ऐसी दिखाया, जैसे मुझे सँभाला हो, पर सचमुच में इतनी जोर से भींचा कि कंधा दुख गया। मुझे बाबू की याद आयी। नानी के घर आने में हमेशा यही होता है। बाबू तो साथ आते नहीं, और यहाँ आते ही माँ भी मौसियों, मामियों, नानी और पुरानी नौकरानियों के बीच एकदम ही गुडुप। दिन में उसके पास भी जाना चाहें तो कोई-न-कोई टोक देता है, "यहाँ तो बेचारी को आराम करने दो।" माँ भी कैसा बेचारीवाला चेहरा बना लेती है, जैसे वहाँ हम लोग उसे काट खाते हों ! धत् ! नानी के घर में घुसने से चिढ़ होने लगी, मैं झाड़ियों के पास जान-बूझ कर ठिठकी। झबरा कुत्ता आया, उसने मुझे सूँघा, तभी भीतर से किसी ने मेरा नाम लेकर कहा, वह फिर कहाँ रह गयी! मैं और कुत्ता साथ-साथ घर में घुसे।

नानी, मामा के लड़के को गोद में लिये बैठी थीं। उन्होंने कुत्ते को दुत्कारा। वे जानवरों की छूत मानती थीं। कुत्ता पूँछ नीची कर निकल गया। उसे दुत्कारे

जाने की आदत थी। मुझसे कहा गया कि पैर छुओ, ऐसे नहीं, ऐऽ सेऽ। अरे, लड़की का जनम है और जिंदगी भर झुकना है तो सी ऽ ख ही लो। नानी ने मेरी पीठ पर हाथ फेर कर कहा कि उहुंक, ये नहीं बढ़ी लंबाई में तनिक भी। आठ की कौन कहेगा इसे?

मैंने मामा के लड़के को चिकोटी भर ली। वह बेवकूफ-सा तब भी मेरे पीछे घूमता रहा। गोरा-गोरा, प्यारा-सा। वह उम्र के लिहाज से लंबा जा रहा था। पाँच का था, सात का लगता। "कहानी सुनायेगी रात को ?" उसने मुझसे पूछा। "नहीं," मैंने कहा और झूठ-मूठ अखबार पढ़ने लगी।

"क्या मुसीबत है!" माँ कह रही थी और पड़ोसन नानी कह रही थी कि "लली की माँ, इस बार तो लली के लड़का ही होगा, चेहरा देखो, कैसा पीला पड़ गया है लली का, लड़कियों की बेर कैसी सुरख गुलाब लगती थी।" "क्याऽ पता, इस बार भी।" माँ ने कहा, और बेचारीवाला चेहरा बना कर नाखून खोंटने लगीं। "वहाँ रोटी-पानी को कोई है तेरे कर्ता के!" पड़ोसन नानी पूछ रही थीं। मुझे बाबू की बहुत याद आयी। बाबू से कितनी साफ खुशबू आती थी ना! उनकी गोद गुलगुली थी। माँ इधर ज्यादे देर गोद में नहीं लेटने देती, कहती है—"उफ् हाँटे-माँटे (??) एक कर डाले, साड़ी मुसड़ दी सो अलग, अब उठ भी, ढेरों काम पड़ा है मेरा। ऊपर से ये मुसीबत औऽऽर। उठ।" नानी ऊपर को हाथ जोड़ कर कहती है, "हे देवी, मेरी लाज रखना, इस बार ये मायके से बेटा ले कर जाये।" फिर वे आँखें पोछती हैं।

मैंने कनखियों से बहनों को देखा, वे सो गयी थीं। जहाँ हम सोये थे, वहाँ काठ की दीवार से बड़े से कमरे के बीच में दो हिस्से किये गये थे। जहाँ मेरा तखत था, उसके ठीक ऊपर, एक बड़ी दीवाल घड़ी टिक-टिक करती थी, घंटे बजाने से पहले उसमें एक गहरी सुरसुरी आवाज आती थी, जैसे छोटी बहन पुक्का फाड़ कर रोने से पहले ऊपर साँस खींचती है। सब बत्तियाँ बंद हैं, कमरे में बस चाँद का उजाला है। तुलसा दाई माँ के तलवों में तेल ठोंक रही है, और कह रही है, "इस बार लड़का होगा तो स्टेनलेस स्टील की जरीवाली साड़ी लूँगी, हाँऽ।"

चाँदनी में माँ का चेहरा नहीं दीखता, बस ढोल जैसा पेट दीखता है। माँ की साड़ी खिसक गयी है। तुलसा कोई दुखती रग छूती है तो माँ हल्के से

गुँगुआती है। घर लौटती गायों की तरह। "अबकी लड़का हो जाता, तो छुट्टी होती।" वह फिर तुलसा से भी कहती है। और यह भी कहती है कि अब तू जा, तेरे बच्चे बैठे होंगे—तेल की कटोरी चारपाई के खूब नीचे खिसका दीजो, वरना सुबह बच्चों के पैर से ठोकर लगी तो तमाम तेल-ही-तेल ··· खराब बात। माँ आधी छोड़ देती है, तो देर तक कमरे में बात तैरती रहती है। घड़ी की टिक-टिक की तरह। अच्छी बात हमेशा पूरी कहते हैं बड़े लोग, खराब बात आधी ही—ऐसा क्यों? क्याऽ औरत का भाग्य ··· चुप्पी। अरे तीन लड़कियाँऽऽ चुप्पी। बाहर एक तारा खूब तेज चमक रहा है। क्या ध्रुवतारा होगा! बाबू कहते हैं, मन लगा कर पढ़ोगी तो तुम भी, जो चाहो बन सकती हो, ध्रुवतारे की तरह। लड़का तो नहीं बन सकती पर? मैं ढिठाई से कहती हूँ, तो बाबू पता नहीं क्यों धमका देते हैं कि बड़ों के मुँह लगती है। बड़े लोगों का कुछ भी समझ में नहीं आता। बड़ी बहन कहती है, बड़े लोगों का कभी भरोसा नहीं करना चाहिए, अपनी बात सब खोद-खोद कर पूछ लेते हैं, खुद कुछ नहीं बताते।

कोई हमें कुछ नहीं बताता। यहाँ खासकर रात को जब हम सब सो जाते हैं तब यहाँ बड़ों की दुनिया खुलती है, जैसे बंद पिटारा। मैं जाग कर सुनना चाहती हूँ पर हर बार बीच में मुझे जाने क्यों नींद आ जाती है। ये आवाज किसकी है? खाँसी दबाते कौन रो रहा है? छोटी मौसी? "कुत्ते जित्ती इज्जत मेरी नहीं उस घर में।" वह माँ के बगल में कहीं कह रही है। कहाँ? हैं? कहाँ? मैं पूछना चाहती हूँ। माँ कह रही है कि जी तो उन सबका कलपता है पर उसे निभाना तो है ही। मेरी आँखें बंद होती हैं।

"निभाना क्या होता है माँ!" मैं सुबह पूछती हूँ। सब लोग नाश्ता कर रहे हैं। मैं कहती हूँ कि वो वाला निभाना जो छोटी मौसी को चाहिए। मुझे एक तमाचा पड़ता है, फिर दूसरा; फिर मामी बचाती हैं, छोड़िए भी बच्चा है। "बच्चा-वच्चा नहीं, पुरखिन है," माँ का पेट गुस्से से थिरकता है, "चोरी से बड़ों की बातें सुनती है! जाने क्या होगा इसका!"

"तू भी ···" बाहर हौदी के पास बैठी बड़ी बहन बीने फूलों को औंधाती कहती है, "सौ बार कहा नहीं, कि चबर-चबर सवाल मत पूछ। पीट-पीट के मार डालेंगे वो लोग तुझे एक दिन, अगर बहुत पूछेगी तो।" मैं रोते-रोते कहती हूँ, "खूब पूछूँगी, खूब पूछूँगी, खूब पूछूँगी।" "तो जा के मर फिर।" बड़ी बहन कहती

है और समझदारी से नानी के गोपाल जी की माला गूँथने लगती है। ये मेरी लाखों की लक्ष्मी बेटी है, नानी उससे कहती है, मुझे सुना कर अकसर।

दोपहर में मैं छोटे बच्चों को खौफनाक डायनों और भूतों की कहानियाँ सुनाती हूँ जो नीचेवाले अखरोट के पेड़ में रहते हैं, और कहती हूँ कि चाँदनी रात में ठीक बारह बजे उठ कर वहाँ जाओ तो वे बच्चों के खून से नहाते दिखाई देंगे। नाक से बोलते हैं वो, नाक से! पहले-पहल तो उनकी बोली भी समझ नहीं आती। बच्चे मेरे पीछे-पीछे घर भर में घूमते हैं। जैसे जादूगर के पीछे चूहे।

दोपहर में बड़ी मामी और माँ हमें खट्टी-मीठी गोलियाँ खाने को पैसे दे कर भगा देती हैं। उनका कमरा अँधेरा है, काँचों पर हरा कागज चिपका है। मामी, माँ, मौसियाँ, नानी, सारे कमरे में औरतें-ही-औरतें पड़ी हैं। हर घड़ी कुछ-न-कुछ खाती हुई। उनकी मुगदर जैसी बाँहें, मोटी-मोटी टाँगें-अधनंगी टाँगें, धारीदार पेट। हमें क्यों कहा जाता है, पैर फैला कर मत बैठो टाँगें दिखती हैं; हैं?

"तुम सब गायों जैसी लगती हो," मैं औरतों से कहती हूँ, पर शायद किसी ने सुना नहीं, फर्श पर तकिया डाले पड़ी छोटी मौसी एक खट्टी गोली हमसे ले कर चूसती हैं और कहती हैं, "हद्द हैं जीजा जी भी!" अचानक कमरे में ठहाके छूट जाते हैं। कौन? क्यों? कैसे? मैं चारों तरफ उत्तर को ताकती हूँ—पर यहाँ हमारी किसी को परवाह नहीं, वो सब फिर अपनी बोली बोल रहे हैं। बाहर जा कर मैं खूब जोर से बाहर का दरवाजा पीटती हूँ। अब शायद माँ आ कर कहेगी एक मुसीबत और—पर कोई भीतर से बाहर मेरी खबर लेने नहीं आता।

"हटो," सिर के इशारे से हरी की माँ कहती है, वह ट्रे में ढेरों चाय के गिलास लिये कमरे में जा रही है— "हटो, ये तुम्हारे लिए नहीं हैं, बड़ों के लिए हैं; हटो।" हरी की माँ की नाक मेढक जैसी है, और उसकी भौंहें नाक के ऊपर जुड़ी हुई हैं। वह हँसती है तो मरे हुए चिमगादड़ की तरह उसके गाल लटक जाते हैं। "हटो ना," वह फिर कहती है। "नहीं हटूँगी," मैं अड़ जाती हूँ, "पहले कहो, लड़कियाँ अच्छी होती हैं।" "हाँ-हाँ, कह दिया, चलो- हटो," हरी की माँ कहती है। "नहीं," मैं कहती हूँ, "ठीक—ठीक से कहो।"

"क्या हो रहा है, हरी की माँ?" अंदर से मौसी की चिड़चिड़ी आवाज आती है, "चाय क्या अगले साल लाओगी?" हरी की माँ मोटी-मोटी भौंहों से मुझे बरजती है, "ये मँझली लली भीतर नहीं ···" वह हँसती है तो उसकी मेढक जैसी नाक फुदकती है—फुद्द, फुद्द। अंदर माँ मेरा नाम ले कर कहती है कि जरूर वही कलपा

रही होगी उसे। मेरा प्राण खाने को जनमी है लड़की। कोई कहता है, ऐसी हालत में गुस्सा नहीं करना चाहिए।

देर तक घर के बाहर बैठी हुई हवा में उड़ती गौरैयों को देखती मैं सोचती हूँ, मैं गौरैया क्यों न हुई? अच्छा, क्या माँ गौरैया भी चिड़ियों में लड़कियों को कम अच्छा मानती होगी?

"कहाँ गयी?" भीतर से किसी की आवाज मुझे ढूँढ़ रही है। मैं जान-बूझ कर दीवार की ओट हो जाती हूँ कि मुझे कोई ढूँढ़ न पाये। कभी। कहीं। किसी भी तरह। कहीं से वो जादू की सुपारी मिल जाती जिसे मुँह में रख कर जब चाहो अलोप हो जाओ तो मजे ही मजे।

रात को कहानी खतम कर नानी कहती है कि अब जाओ तुम सब सोने। छोटी बहन सो गयी है। उसे हरी की माँ गोद में भीतर ले जाती है। मैं नानी से पूछती हूँ, क्या मैं नानी के पास सो सकती हूँ? नानी का बदन गर्म और गुलगुला है—नानी की रजाई से इलायची-लौंग की बास आती है, नानी के तकिये के नीचे एक टॉर्च रहती है, उसे ले कर बत्ती बुझने के बाद भी बाथरूम जाओ तो अँधेरे में पैर के अँगूठे में ठोकर नहीं लगती। मामा के सोते लड़के को पास खींच कर रजाई उढ़ाती नानी कहती है, "ना भैया, एक तो ये मुझे छोड़ कर नहीं जाता, फिर दो-दो को मैं कहाँ सुलाऊँगी।" तू जा अपनी माँ के पास। भला? कल फिर कहानी सुनाऊँगी।" नानी की आवाज खुशामद से चुँधी-चुँधी है, जैसा बरगलाते वक्त बड़े लोगों की हो जाती है। कमरे में बड़ी बहन बिना मेरी तरफ करवट लिये कहती है, "सुला लिया तुम्हें?" उसका स्वर गुस्से से काँप रहा है। घड़ी बोलती है टिक-टिक। माँ की नाक बज रही है। सुलाया तुम्हें? सुलाया तुम्हें? टिक-टिक, खर्र-खर्र।

"कहाँ हो। री लड़कियों?" नानी हाथ में रोली की थाली लिये पीढ़े पर से पुकार रही है। नानी के सामने एक कढ़ाई में हलवा पड़ा है—थाली में ढेरों पूरियाँ। अष्टमी की सुबह है। नानी के आगे चटाई पड़ी है। "आओ, टीका लगवा लो।" नानी आरती में कपूर जलाती है, "आओ, आरती कर दूँ तुम्हारी।" मेरी दोनों बहनें और मामा की सुंदर लड़कियाँ नानी के आगे फसकड़ा मार कर बैठ गयी हैं। नानी उनके टीका-अक्षत लगाती है, घंटी बजाती है। रेल के गार्ड की तरह, फिर शंख, पू ऽ ऽ प। मैं इंजन बन कर आँगन की मुँडेर पर भागती हूँ। कमरे में बास है,

आरती-कपूर की बास; हलवे की, घी की बास; फूलों की बास—दे-दे पैसा चल कलकत्ता पू-पू-पू। "आजा बेटा, टीका करा ले, तू तो मेरी कन्याकुमारी है ना!" मैं कहती हूँ, "नहीं, मैं तो इंजन हूँ।" मामा का लड़का ताली पीटता है, "आहा जी इंजन! आहा जी इंजन!" तभी डर मेरे पेट में मुट्ठी की तरह सख्त होता है। माँ मेरी ओर लड़खड़ाती-सी आ रही है। क्रोध से उसका चेहरा भिंचा हुआ है, "मैं बनाती हूँ तुझे इंजन, अभी इसी दम।"

"पागल हो रही हो लली?" पड़ोसन नानी, माँ का हाथ पकड़ कर मुझे आँखों से कहना मानने को कहती है, "बच्चा है वो—कन्याकुमारी ठैरी, आज अष्टमी हुआ। देवी का दिन, आज के दिन कन्याकुमारी पर हाथ नहीं उठाना हुआ। सराप-पाप लगता है।" मैं धम्म से मुँडेर से नीचे कूदती हूँ, माँ रो रही है। नानी ने होंठ भींच कर लड़कियों को हलवा-पूरी परसना चालू कर दिया है।

"जा ना," चिड़चिड़ी मासी कहती है, "क्यों अपनी माँ को रुलाती है ऐसे में?"

"जब तुम लोग लड़कियों को प्यार ही नहीं करते तो झूठ-मूठ में उनकी पूजा क्यों करते हो?" मेरी आवाज रुलाई से फटती है, गुस्से में मेरे मन में आता है कि आरती का जलता कपूर निगल कर अपने इस दगाबाज गले को दाग दूँ। "क्यों?" मैं फिर पूछना चाहती हूँ, पर रो पड़ने के डर से चुप हूँ। मैं रोना नहीं चाहती। इनके सामने, खासकर।

हरी की माँ ताज्जुब से पंजा गाल पर टिका कर कहती है, "माँ री माँ, सुनो तो इसकी बात? लड़की हो के ऐसा गुस्सा?"

नानी लड़कियों को सवा-सवा रुपया दे रही है। "सवा रुपये में बीस खट्टी गोलियाँ एक साथ ली जा सकती हैं, आने में एक।" इतना दीवार से कह कर नानी मेरी ओर भी रुपये के नोट में लिपटी चवन्नी बढ़ाती है। नानी के अँगूठे की नोक पर रोली का निशान खून का धब्बा जैसा लगता है। मैं दीवार की ओर पीछे हटती हूँ। "मुझे नहीं चाहिए इन औरतों का हलवा-पूरी, टीका, रुपया।" "मैं देवी नहीं बनूँगी!" मैं चिल्लाती हूँ, इतनी जोर से, कि आँगन में बाजरा चुगते कबूतर पर फटफटा कर उड़ जाते हैं। ज्यों कहीं गोली चली हो।

[1983 : धर्मयुग]

एक पगलाई सस्पेंस कथा

बहुत समय पहले की बात नहीं है। विष्णुप्रिया नाम की एक अनाथ कन्या थी। जिसकी माँ ने अपने आप को मार डाला था और उसका बाप भी, जो कि एक फ़ौजी इंजीनियर था किंचित अंतराल के बाद एक दुर्घटना में मारा गया।

जानकार लोग कहते हैं कि मौत के वक़्त विष्णुप्रिया का बाप दरअसल जानबूझ कर अपना ट्रक इतना तेज दौड़ा रहा था, क्योंकि उसकी पत्नी ने उससे कहा था कि 'मैं मर जाऊँगी,' और उसने कह दिया था कि 'मर जाओ' और उस पगली ने सचमुच खुद को मार डाला था, और इस ग़म से वह खुद अधपगला हो उठा था।

विष्णुप्रिया की माँ थी ही ऐसी। बाद में कई लोगों को याद आया कि शादी से पहले भी उसने कई ऊटपटांग तरह के काम किए थे। एक बहुचर्चित किस्सा इस प्रकार था। उसने, यानी विष्णुप्रिया की माँ ने, शादी के पहले पक्का गाना सीखा था, पर जब उसके घरवालों ने कहा कि हारमोनियम पर गाने बजा कर और गाकर बाहर वालों को सुनाए, तो उसने कहा कि वह कतई ऐसा नहीं कर सकती । खैर, यह बात उसकी शर्मसारी का प्रमाण मान कर, उसका बाजा बाहर ले ही आया। पर चाभी दबाने पर भी वह नहीं बजा। बाद को पता चला कि विष्णुप्रिया की माँ ने उसकी चाभियों के बीच गुथा हुआ आटा सीमेंट की तरह भर दिया था, ताकि वे दब न पाएँ। आप तो जानते ही हैं कि हिंदुस्तानी घरों में और कुछ हो न हो, आटे का कनस्तर जरूर पड़ा रहता है। दरअसल जब घर-घर में, खेत-खेत में, खलिहान-खलिहान में अपने यहाँ गेहूँ है, तो जाहिर है कि आटा तो होगा ही। इसी से आटा प्राप्त करना कतई दिक्कतयाफ़्ता नहीं, भारतीय लड़कियों के लिए। यहाँ तर्क कि अनब्याही लड़कियों के लिए भी नहीं। और यही भारी सचाई घरवाले गफलती में भुला बैठे थे।

सो विष्णुप्रिया की माँ ने अपनी हारमोनियम की चाभियाँ आटे से चिपका कर ठप कर दीं। पर शादी होनी थी, सो होकर ही रही और किंचित अंतराल के बाद एक कन्यारत्न को जन्म देकर वह जैसा कि हम ऊपर बता चुके हैं, हठात गोलोकवासिनी भी हो गई। तदुपरांत उसका ट्रक ड्राइवर पति मारा गया और उसकी बेटी, यानी विष्णुप्रिया सदा-सदा को अनाथ हो गई।

एक उत्तम सस्पेंस कथा के लिहाज से ऐसे मुँहमाँगे हादसों की श्रृंखला के घट चुकने के बाद विष्णुप्रिया किसी रिश्तेदार के पास रहने चली गई, यूँ कहें कि उसे भेज दिया गया। रिश्तेदार परिवार अमीर था और शहर के पास एक बड़े से फारम पर रहता था। फारम पर रिश्तेदारों के अलावा उनके ठीक विपरीत देखने में खूंखार, पर भीतर से बेहद प्रेममय जर्मन कुत्तों की स्याह जोड़ी भी थी। कुत्तों में एक नर था, एक मादा। वे लहीम-शहीम थे और कुतिया के तो पिल्ले भी होने वाले थे। अनेक पिल्ला-भ्रूणों के बीहड़ भार से दोहरी देह और समोसों से लटके स्तनों समेत इधर-उधर डोलती कुतिया विष्णुप्रिया को अपने पीछे छूट चुके शहर की भरी-भरी बसों जैसी लगती थी। कुत्तों ने उसे बड़े प्यार से अपना लिया।

कुत्तों और विष्णुप्रिया के अलावा घर में बाहरिया कहने को बस एक जवान नौकरानी थी, जो बांग्लादेश से आई थी। वह हर वक़्त पान खाती रहती थी और उसका बदन फूला-फूला और गठा-गठा था।

नौकरानी के आने से पहले विष्णुप्रिया की दुनिया सपाट और राख की रंगत की थी। दिन में वहाँ अकेलेपन के बीच भूख बिजली-सी कौंधती थी और रात को डर पत्ता-सा थरथराता था। विष्णुप्रिया के कपड़े फारम के परिवार के बड़े हो चुके बच्चों की उतरनें होते थे, जिनसे उसके छोटे से जिस्म की पतली नुकीली हड्डियाँ चाकू-सी चमकतीं। फारम के मर्द उसे देखकर भी नहीं देखते, औरतें देखतीं और फिर उसाँस लेकर भीतर पलट जातीं। बच्चे फारम पर थे नहीं, जो रुक कर उसे घूरते। होते-होते विष्णुप्रिया को घूरे या न घूरे जाने की परवाह ही नहीं रही। उसका चेहरा सपाट हो गया। उसकी आँखें मृत। अब वह कुत्तों की जोड़ी के साथ फारम पर डोलता एक तीसरा प्राणी बन गई थी। खाना लग जाता, तो कोई बुला कर खिला देता। कोई न आता, तो वह नहीं खाती और उसे अचरज भी नहीं होता। वह कभी किसी से खुद माँगती नहीं थी, सिर्फ़ अपने कमरे में बैठकर चुपचाप किसी बुलाने वाले का इंतजार करती। कभी बुलाने वाला आता, कभी

उसे भूल जाता, या आता तो वह सो चुकी होती। अब लोग कभी उससे कुछ कहते, या कभी उसके आगे आपस में उसके बारे में कुछ कहते, तो वे आवाज़ें विष्णुप्रिया के कानों में नहीं पड़तीं। क्योंकि वहाँ की बजाए, उस दम वह भीतर की किसी दुनिया में उकड़ूँ छुपी बैठी होती थी। न वह हँसती, न चिल्लाती। बहुत बोलने वाले खुशदिल लोग भी उसके आगे पड़ कर कुछ हतप्रभ, कुछ-कुछ विचलित से हो जाते। वह हँसती, या चिल्लाती, तो शायद फारम पर लोग स्वस्ति की साँस लेते, पर, खैर।

कुत्तों की दुनिया में विष्णुप्रिया के लिए पूरी ठौर थी। खाल, रोम और मांस की बास वाली इस गर्म दुनिया में आशा-हताशा, इच्छा या अनिच्छा, कुछ नहीं था, सिर्फ़ हुम्फनी लेता एक गीला सौहार्द्र था, जो भोजन सामने आने पर कुछ देर को दोनों तरफ़ से स्थगित हो जाता। वे साथ ही हल्की नींद सोते, खेलते, इंतजार करते, सोते। उनके इंतजार की किसी घड़ी के दौरान ही फारम पर वह बांग्ला देशी नौकरानी आन पहुँची थी; झक्क सफेद साड़ी, स्याह रंगत वाली। हँसती, तो उसके दाँतों के बीच जर्दे की भूरी लकीरें खिड़की से जंगलों-सी चमकतीं। उससे सरसों के तेल, पान और पसीने की गंध आती। वह बोलती बहुत कम थी, हँसती ज्यादा। उसने काठ की कंघी से विष्णुप्रिया की जुएँ साफ कीं और फिर खूब सारा सरसों का तेल ठोंक कर उसके झंखाड़ से बालों की चोटियाँ बनानी शुरू कर दीं। अब विष्णुप्रिया से कुत्तों और बांग्लादेशी औरत की मिली-जुली गंध आती।

एक रात जब अपने लार चुआते दुःस्वप्न से चिल्ला कर विष्णुप्रिया की पतली देह असहाय झटकों में रामपुरी चाकू की तरह खुल-बंद हो रही थी, तो उसने अपने बगल में दो विराट स्तनों के गुदगुदेपन को मखमली ओट की तरह, भय और अपनी नुकीली हड्डियों के बीच पसरा पाया। फिर एक खुरदुरा हाथ उसे थपकने लगा, उसके पत्थर हुए बदन को नर्माई से गूँथ कर मक्खन बनाते हुए। फिर एक हाथ ने उसके बालों की गंधाती लट उसके कान के पीछे खोंस दी।

लट का खोंसना था कि विष्णुप्रिया की आँखें कुछ देर को एक तरह ऐसी उलट-सी गई कि सिर्फ़ सफेद कोए ही दीखते रहे। फिर अचानक उसके भीतर बर्फ की सिल्ली-सी जमी हुई दसियों बरस पुरानी एक चीज़ पिघलकर बाढ़ के मटमैले पानी की तरह बाहर भलभला पड़ी। उसके हिचकोले भरे रुदन में एक बच्चे की जीवन के खालीपन से पहली पहचान थी।

इसके बाद हर रात विष्णुप्रिया नौकरानी से चिपक कर सोती। वे विराट् गुदगुदे स्तनद्वय उसकी रूखी चटियल सपाट दुनिया का पहला और इकलौता गुदगुदा उभार थे।

नौकरानी और विष्णुप्रिया को लगता था कि कुतिया के कम-से-कम सात पिल्ले तो होंगे ही। नौ भी हो सकते थे। कुतिया इतनों को दूध कैसे पिला सकेगी? उन्हें बड़ी चिन्ता-सी लग गई। फारम पर छः-सातेक जर्सी गायें थीं, उनमें से एक का दूध पिल्लों के लिए रखना स्वीकृत हुआ।

यह बात तय कराने में काफी वक़्त लगा, क्योंकि यद्यपि फारम पर कई गायों का होना कतई अजीब बात नहीं, पर उनमें से एक को गोशाला से लाकर इधर रखना, और एक गाय का पूरे का पूरा दूध जर्मन कुतिया के पिल्लों के लिए रखवा पाना तनिक कठिन तो था ही। पर पहली बार विष्णुप्रिया ने तक चिन्ता दिखाई थी, सो सबको चिन्ता लग गई

गाय पास के थान पर बाँध दी गई। वह बड़ी सीधी थी और दुहने में बड़ी आसान। सो धीरे-धीरे कुत्ते ही नहीं, घर के सभी लोग उससे प्रेम करने लगे, और कहने लगे कि ऐसी व्यवस्था तो बहुत पहले ही उन्हें कर लेनी चाहिए थी। ऐसा अक्सर होता देखा गया है

गाय के बदन में पिस्सू, खटमल तनिक थे ही। सो घोड़ा-डॉक्टर से पूछ कर एक घातक कीड़ामार दवा का टिन खरीदा गया, जिस पर मुर्दे की खोपड़ी और हड्डी बनी थीं, और नीचे लिखा था, 'जहर'। दवा का पतला घोल गाय पे लगाना था। जिसके बाद दवा ऊँचे आले पे रख दी गई, जहाँ नौकरानी अपना खाना लाकर रखती थी और जहाँ से उठाकर वह सुबह के वक़्त ताज़ी मुँह बची बासी रोटी खाती थी।

अब पृष्ठभूमि हत्या और अपराध के लिए एकदम तैयार थी, हालाँकि, जैसा कि हमेशा होता है, किसी को भी इसका पूर्वाभास न था। क्योंकि घर में सिर्फ़ कुत्ते जर्मन थे और वह औरत बांग्लादेशी, शेष सब लोग हिन्दुस्तानी थे। इसके अलावा विष्णुप्रिया, जो कि अभी एक बच्ची थी, और उस बांग्लादेशी औरत को छोड़कर उस घर की अन्य सभी औरतें ब्याहता और एतदर्थ एकदम सीधी-सादी गायों जैसी थीं।

स्मरणीय है कि हिन्दुस्तान में भी कई प्रान्तों में कुछ, (मात्र कुछ), वयस्क स्त्रियाँ ब्याहता नहीं भी होतीं। वैसे ही, जैसे कि हिन्दुस्तान के कई प्रान्तों में कुछ,

(मात्र कुछ) शहरों में, (मात्र कुछ) घरों में लोग ताले नहीं लगाते। ताला न लगाने के उनके कारण प्रान्तीय तौर पर अलग-अलग हो सकते हैं। पर ताला न लगाने से चोरी कभी न होती हो, या हमेशा हो जाती हो, ऐसा भी नहीं। बहरहाल ताला लगाने का काम अधिकतर प्रान्तों के अधिकतर घरों में औरतें ही करती देखी गई हैं। यद्यपि यह एक रोचक बात है, कि अधिकतर वे घर जिनको वे ताला बंद करती हैं कानूनन उनके नहीं होते, और न ही लोहे-पीतल या अन्यान्य धातुओं के वे ताले, जिनसे वे इन घरों के कपाट इतनी मेहनत से बन्द करती हैं। इस बात का आपराधिक महत्त्व पाठकों पर आगे जाकर प्रकाशित होगा, या शायद न भी हो।

बहरहाल हम उन आधुनिक कथा समालोचकों से, जो पच्छिमी तर्ज़ की सपाटबयानी के प्रबल समर्थक हैं, इस पूर्वी तर्ज़ के विषयांतर के लिए माफी माँग कर आगे बताते हैं, कि इसी बीच बांग्लादेशी औरत एक महीने की छुट्टी पर कलकत्ता चली गई, जहाँ उसके अनुसार उसके 'अपने' लोग रहते थे। जाते वक़्त वह अपना पता भी लिखवा गई और दरवाज़ा भी खुला छोड़ गई। कुतिया के पिल्ले अभी नहीं हुए थे, और कीड़ामार दवा का घातक टीन टाँड़ पर वहीं रखा था। टाँड़ पर ही पीतल का ताला भी था जिससे मालिक जब चाहें, तब कमरा बन्द कर सकते थे।

पीछे विष्णुप्रिया ने कुत्तों को अपने कमरे में एक कम्बल डलवा कर सुलाना शुरू कर दिया। डर की वजह से नहीं, सुभीते के लिए। वह इस उम्र में भी जान गई थी कि सचमुच का डर उस जगह से कभी शुरू नहीं होता, जिस जगह से हम उसकी बाट जोहते हैं। वह तो कभी भी, कहीं भी, टेढ़ी गर्दन किए गौरैया की तरह आकर बैठ जाएगा और चुपचाप ताकता रहेगा टुक-टुक। कुछ देर बाद हमें भी लगने लगेगा कि भला इसके अलावा डर और हो ही कैसा, या कहाँ हो सकता था भला?

महीना बीतते न बीतते बांग्लादेशी औरत खुश-खुश लौट आई थी। विष्णुप्रिया के लिए वह कलकतिया आमपापड़ लाई थी। कुतिया के मोटे-मोटे पिल्लों से वह देर तक खेलती रही। पिल्ले उसकी गोलमटोल देह पर फुदकते से चढ़ते, तो मारे हँसी के वह लोटन कबूतर बन जाती। पर कुतिया अपने को निर्लिप्त चाटती रहती, जैसे वह रानी हो और बांग्लादेशी औरत उसके पिल्लों की धाय।

विष्णुप्रिया शुरू में कुछ देर नौकरानी से बोली-चाली नहीं, सिर्फ़ गर्दन तनिक

तिरछी कर उसे ताकती रही, ज्यों वह उसे पहली बार देख रही हो। नौकरानी से अब उसे लगातार एक खास तरह की खुशी की महक आए जा रही थी, जो सिर्फ़ कुत्तों और बच्चों को सुँघाई देती है। अब वह चली जाएगी, हो न हो यह उस बच्ची और कुत्तों ने बिना बोले जान लिया था। फिर जैसे मानुस गंध, मानुस गंध चिल्लाने वाला राक्षस अकुलाया हुआ महल के गलियारे-गलियारे छान डालता है, वे सब (पिल्लों समेत वे पूरे एक दर्जन थे) रात देर गए तक नौकरानी के चारों ओर घूमते-टहलते रहे। आखिरकार रात बारह बजे बांग्लादेशी औरत ने उन्हें किसी हबीब अहमद की वह कनकटी फोटू दिखा ही दी, जो उसने फारस की खाड़ी से शादी तय कराने के वास्ते अपने रिश्तेदारों को कलकत्ते भेजी थी और जिसके लिए बात पक्की कराने को वह बुलाई गई थी। वह तो यहाँ अपनी तीन महीने की तनख्वाह और पीछे छूट गया अपना बक्सा भर लेने आई थी। थोड़े दिन को बस। हाँ, विष्णुप्रिया और कुत्तों की पीछे खूब याद आयेगी। भीतर से साथ लाया खाना खाए बगैर वह सो गई।

रात देर गए तक गाल पर हाथ धरे बच्ची और कुत्ते सोती नौकरानी को देखते रहे, गहरी नींद में वह बिल्कुल ऐसी लगती थी, ज्यों मर गई हो।

फिर वे सब जाकर बाहर खड़े हुए, बाहर तराशा हुआ लॉन मखमली गलीचे-सा फैला था और चारों ओर खिले फूलों के पौधे इतने सुन्न खड़े थे कि लगता था वे भी अपनी पंखुड़ियाँ टपकाकर साफ सुथरे लॉन को गंदा करने से डरते थे। रात की काली व्यवस्था के प्रति आदर भाव से पिल्ले भी एकदम चुप रहे।

विष्णुप्रिया के मन में डर नहीं था, सिर्फ़ एक काला, सपाट और कठोर खालीपन था, यहाँ, जहाँ कभी रीरों के तेल की गुदगुदी-नटखट गंध फूटती थी।

गैया के थान पर बांग्लादेशी औरत की लाश पहले पहल कुतिया ने चीन्ही, और सुबह-सुबह करुण स्वर में हूकना शुरू कर दिया। एक-एक करके पूरा घर जमा हो गया। लाश नीली पड़ गई थी, और औरत के मुँह से फिचकुर निकल आया था। किसी दयावती ने उसकी ऐंठन से अधनंगी हो आई देह पर पुरानी चादर डाल दी। फिर पुलिस आई। देर तक तहकीकात चली। फिर चाय-वाय।

डॉक्टर का कहना था, कि जिस जहर से वह मरी वह साँप का नहीं था। हो ही नहीं सकता था, क्योंकि डसने का कोई निशान उस पे नहीं था। पर पुलिस के अफसर ने इसका खण्डन किया। उसने कहा कि वह आसाम के जंगलों में ऐसे कई वाकये देख चुका था साहब, जहाँ साँप का काटा बीसियों लोग-मानुस दिन-रात मरता है। इस तरफ साँप का जोर नहीं न है उतना, तभी न आप लोग नहीं जानते, वह मोटी जाँघों पर डंडा बजाते बोला। डॉक्टर सर खुजाने लगा। वह बेचारा तो खुद अपना प्रान्त छोड़ कर कभी बाहर नहीं गया था और अभी तो यहाँ उसका घर भी आधा ही बन पाया था।

सो बांग्लादेश की औरत के घर के पते पर चिट्ठी भेज दी गई, और उसका दाह-संस्कार करा दिया गया। वहाँ शायद कोई था नहीं जो आता। फारम पर अपनी तरफ की एक नौकरानी रख ली गई।

साल पर साल बीतते गए और विष्णुप्रिया नवयौवना हुई। उसकी शादी पास के फारम पर रह रहे एक हकले फौजी अफसर से हो गई, जो रिटायरमेण्ट के बाद मुर्गियाँ पालता था। घर वालों ने स्वस्ति की साँस ली, एक लम्बी जिम्मेवारी पूरी कर-करा के।

विदा के दिन अलस्सुबह, सबकी नज़र बचा कर विष्णुप्रिया ने कुत्तों-गायों और मुर्गियों की चमड़ी के परजीवी मारने वाले पाउडर का एक जंग खाया टिन एक कनकटी फोटू के साथ अपनी अटैची के एक उपेक्षित कोने में रख लिया, और फिर जाकर ऐसे पहुँड़ रही, जैसे मर गई हो।

[अप्रैल-जून, 1987 : समकालीन भारतीय साहित्य]

उमेश जी

आते ही मैंने बड़े गौर से उनको और उनके गोल कमरे को भाँपा था।

सुना था सुबह-सुबह उमेश जी को हजारों काम होते थे। फूलों का मुआयना, लॉन पर टहलना, चाय की चुस्की लेना, फिर कुछ पल बाज जैसी तीक्ष्ण दृष्टि से सामने की चलती सड़क टोहते हुए आँगन में बैठे रहना। कलम से गर्दन और बगलें खुजाना। सुनना। नाले और फरियादें। तमाम किस्म के। तमाम किस्म के लोगों के। यही सब उस फकत बनियान और बुर्राक चौड़े पौंचे वाले पाजामे में वे कर भी रहे थे। खरहे जैसे दाँत अभिवादनों के प्रत्युत्तर में तनिक खिलते, तो जबड़े में अगल-बगल की दाढ़ों का कूच कर गया जाना स्पष्ट होता। उनकी हँसली की हड्डियाँ उभरी हुई थीं, और हाथों की नसें उभराई-उभराई-सी थीं जिससे उनकी लम्बी अँगुलियाँ कलात्मक और नर्मदिल नहीं लोमश और हिंस्र प्रतीत होती थीं। मैंने देखा कि बातचीत के वक्त भी उनके चेहरे पर फैली नर्माई और स्निग्धता के ठीक विपरीत उनके हाथ दो चौकन्ने बाजों की कुटिलता से उनकी गोद में अलग से फड़फड़ाते।

पिछले कई दिनों से मैं उमेश जी के बारे में सोचती रही हूँ। हर बार उनकी बाबत सोचने पर अजीबोगरीब से ढंग से उनके खण्ड-खण्ड चित्र सामने आने लगते हैं।

पहले दिन जब मैं उनके दफ़्तर गई, तो वे नहीं थे। उनका खोई-खोई नजरों वाला पी. ए. भर था, जिसकी दृष्टि पंद्रह मिनट तक घूरने के बाद फोकस होती थी—मानो उसकी पुतलियाँ स्त्री के बिंब को धारण कर एक भीतरी सैर पर चल दी हों, और उसे भीतर कहीं पैवस्त कर चाभी छुपा देने के बाद देर से लौटी हों।

—"उमेश जी नहीं हैं।" उसने रुखाई से, झटके से कहा, और अपनी टिड्डे जैसी दुबली-पतली देह को फिर से तहा कर गोदरेज की कुर्सी पर चिपक गया।

मैंने कुछ कहा नहीं। मुझे उम्मीद थी कि वह आगे कुछ कहेगा और तब मैं कुछ और आगे पूछूँगी—लेकिन एक बार अपने आप को तहाने के बाद वह पेंसिल तराशने में जुट गया, तो उसकी मोटी घनी भँवें गोजरों की तरह एक एकाग्रता में गुँथ गईं।

"उमेश जी नहीं हैं?" उसे चुप्पी में बात बरखास्त करते देख अन्ततः मैंने ही पूछा। उसने धीमे-धीमे सर उठाया, जैसे खत्म होती चाभी वाले खिलौने करते हैं। इस बार मैंने ध्यान से उसकी शक्ल देखी। लगा थोड़ी देर पहले वह कुछ बहुत भयावह-सा देख कर वापस आया है। उसकी आँखों में दुनिया भर की हताशा लेटी थी।

"क्या उन्होंने आपको बुलाया था, खुद?" उसने अपनी गरगराती आवाज में मुझसे पूछा।

"नहीं, मैं, वो क्या था कि किसी ने एक पत्र दिया था उनके लिए। मैं खुद ही इधर। इधर खुद ही आ रही थी सो लेती आई···" मैंने कहा और बैग में कागज तलाशने लगी। वह फिर अपनी लोमश एकाग्रता में लौट गया था। मुझे कुछ विचित्र तो लगा, पर फिर भी मैंने बात जारी रखी··· "गर्मी बहुत है बाहर··· मैं यहीं बैठ जाऊँ?"

अचानक तभी उसके आगे पड़ा फोन बजने लगा। एक क्षण वह तिक्तता से उसे घूरता रहा, ज्यों वह टेलीफोन नहीं, मरी हुई गंधाती हुई चुहिया हो कोई। फिर उसने हाथ से मुझे बैठने का इशारा कर खुद फोन उठा लिया और किसी से उलझने लगा।

मैं चुपचाप बैठी उसे किसी को डाँटते-डपटते सुनती रही। उस बड़े से हाल में फैले दफ्तर की अधिकांश सीटें खाली थीं। अगर कुर्सियाँ गिरी-पड़ी होतीं, तो कोई ये भी समझ सकता था कि बाहर भूचाल जैसा कोई हादसा घट गया है, सो सब लोग हठात् हाल छोड़ कर भाग निकले हैं। हालाँकि कुर्सियों पर टँगे पानी के थर्मस और इधर-उधर पड़े कटोरदान, अधखुली फाइलें और फड़फड़ाते कागज इस बात का पक्का प्रमाण थे, कि वे लोग दफ्तर के आसपास ही कहीं थे, छुट्टी नहीं कर गए थे।

सोचते-सोचते मैं मुस्कुरा पड़ी। फिर मैंने अपनी घड़ी देखी। चार बज रहे थे।

माँ ने बताया था कि उमेश जी कहीं भी गए हों हमेशा एक बार दफ्तर आ कर

तब ही घर जाते थे, मीटिंग चाहे कितनी ही देर तक चलती रही हो। सो आएँगे जरूर। प्रतीक्षा के अलावा दूसरा रास्ता ही क्या था? पिछली बार उन्होंने माँ से कहा था, कि लड़की से कहिए कुछ-कुछ दिन बाद मिलती रहे, देखते हैं, क्या हो सकता है! तब शायद मेरी माँ ने आश्वासन का छोर पकड़ कर नदीदों की तरह गिड़गिड़ाया हो, "आप भूल तो न जाएँगे? मैं चिट्ठी दे के भेजूँ उसे, प्लीज़? बहुत जरूरत है इस नौकरी की।"

सो सात बजे सुबह चौदह किलोमीटर बस का पट्टा पकड़ कर माँ की वही गिड़गिड़ाहट भीतर ढोती मैं यहाँ आ पहुँची थी। घर पर एक प्याली चाय मिली थी। वह भी बड़े अनुग्रह से। माँ और बड़ी बहन सुबह ही निकल जातीं तो रात गए आतीं। "और पिएगी?" कौन बैठा था यह पूछने को? "हीं-हीं करती, खिसिया-खिसिया कर खाली हाथ न आना वापस"—माँ ने बल्कि एक कड़ी ताईद दी थी, "उमेश जी को पकड़ ही लेना।"

जाते ही फिर सबकी आँखों में वही मूक सवाल होगा—"कुछ हुआ?" चुपचाप बटुआ रख कर हाथ धोने चली जाऊँगी तो दर्दभरे घुटनों पर हाथ रख कर उठती हुई माँ तनिक और बूढ़ी और हिंस्र हो जाएगी।

नहीं, उमेश जी की प्रतीक्षा करनी ही पड़ेगी। बीच में हफ्ता भर उनसे भेंट नहीं हुई। आज इस वक्त भी बिना मिले मैं कैसे जा सकती थी? हो सकता है इसी बीच उन्हें मेरे लिए कुछ काम भी सूझ गया हो। इतने गंभीर आदमी हैं, और सुनहरी कमानी के चश्मे के परे जने क्या-क्या सोचते रहते हैं हरदम। फिर माँ की चिट्ठी भी तो है न!

पी. ए. अब चुपचाप कागज करीने से लगा रहा था। उसका नाम हरिहरन था, जो कि सबको पता था। पास की किसी मेज पर किसी का फोन घनघनाता रहा, फिर बंद हो गया। मैं एक कागज को जबरन दोबारा पढ़ने लगी। हरिहरन ने सर उठाया, उसके पीले चेहरे की थकान और खीझ स्पष्ट थे।

"आप अभी बैठिएगा?" उसने मेरी ओर से चेहरा फिराए-फिराए कहा।

"हाँ।"

वह उठा, और धीमे-धीमे जकड़े जोड़ सुलझाते एक कोने की ओर का दरवाजा खोल कर केबिन के भीतर चला गया। थोड़ी देर बाद वह रुमाल से मुँह पोंछता बाहर आया। शायद वह उमेश जी का निजी बाथरूम इस्तेमाल करके आया था। मुझे तनिक बुरा-सा लगा। ऐसा भी क्या, कि अपना बाथरूम नहीं इस्तेमाल

करो? इतनी बड़ी बिल्डिंग में सैकड़ों तो बाथरूम होंगे। मैंने दुर्भावना से उसके अपने जैसे बादामी कपड़ों का घरेलू धुलापना परखा। उमेश जी तो लगता था हमेशा, कि सीधे लांड्री से चले आ रहे हों। उनके सफारी सूट की एक-एक प्लेट ज्यों पहनने के बाद इस्तिरी की गई हो। वैसे कपड़े माँ और बहन भी हमेशा सलीके से पहनती थीं, एक मैं ही फूहड़ थी उनमें। वे दोनों घर आते ही बाहर के कपड़े तहा कर के रख देतीं, और घर के भीतर बोरे से ढीले काफ्तान पहने डोलतीं। कौन कपड़े खराब करे घर में? वे कहतीं। मुझे अचरज होता था कपड़े पहनना खराब करना कैसे हो गया?

बाहर से लोग एक-एक कर हाल में लौटने लगे थे। कमरे में एक बार फिर बातचीत, कुर्सियाँ खिसकाई जाने की ध्वनियों और हँसी या टिफिन के डब्बों की खनखनाहट छोटी-छोटी कतरनों में उड़ने लगी थीं। हरिहरन अब चुपचाप बैठा उन सबको या उन सबके परे किसी को ताक रहा था। लोग अपना सामान घर लौटने को सलटा रहे थे शायद। मुझे लगा मुझे उठ जाना चाहिए, पर माँ की गुँथी हुई भवों का ख्याल आने पर रुक गई। मेरा मन कर रहा था, कि किसी तरह उसे सब बता दूँ, कि क्यूँ इस कदर शर्मिंदा होती हुई भी मैं भिखारिनों की ढिठाई से यहाँ डटी हुई हूँ घंटे भर से। क्यों भीतर से रोना आते हुए भी उमेश जी के आगे खीसें निपोरते खड़ी होना मेरे लिए अनिवार्य है। कि वह तो मेरी माँ है, जो उस उबले हुए खरहे जैसी शक्ल वाले अधेड़ के पीछे मुझे यूँ धकिया कर भेजने पर आमादा है, जैसा मलगुजी भिखारनें अपने रेंट बहाते बच्चों के साथ करती हैं! पर मैंने कुछ कहा नहीं। अक्सर दुनिया में जो फजूल की बातें बोली जाती हैं उनके पीछे उनसे सौ गुनी ऐसी ही बातें होती हैं। जो दिन-रात भीतर ही भीतर उफान खाती रहती हैं, पर सतह पर नहीं आतीं। आ भी नहीं सकतीं, क्योंकि उन्हें शब्दों में पकड़ा ही नहीं जा सकता।

"चाय!" मटमैले दाँत वाला एक लड़का मेरे आगे चाय रख गया। प्याली उतनी ही मटमैली थी जितने कि उसके दाँत! मुझे वितृष्णा हुई।

"पी भी लो!" हरिहरन ने बड़ी आजिजी से कहा तो मैं चौंकी। वह मुझे ऐसी नजरों से देख रहा था जो बड़ी दीन भी थीं, और उधाड़ती हुई भी। मैं उसे नाराज नहीं करना चाहती थी, क्योंकि उमेश जी का द्वारपाल नन्दी तो वही था। पर उसका यह '—भी' मेरे हलक में मछली के काँटे-सा चुभता रहा। साँस रोक कर किसी तरह मैंने चाय पी ली।

"सुबह उमेश जी आए थे?" मैंने प्याली की एहतियात से नीचे रख दिया।

"हाँ।" हरिहरन से अपने प्याले से चुस्की ले कर बुरा-सा मुँह बनाया।

"बहुत जरूरी है मिलना क्या?" उसकी निगाह में वितृष्णा थी, कि दुख, कि नाराजगी?

मेरी आँखें भर आई। अरे जरूरी नहीं होता तो ऐसी सर-फाड़ धूप में चप्पल चटकारती घंटे भर से स्टूल पर बैठी रहती? मैंने सिर्फ सिर हिला भर दिया। घर पर खौंखियाई बिल्ली की तरह बहन और माँ ताक में थीं, और यहाँ उमेश जी की अनुपस्थिति का हौवा। बलगम की तरह अवसाद का एक थक्का मेरी छाती में भर गया, और मुझे लगने लगा, कि मुझसे कुछ भी, कभी भी नहीं हो सकेगा।

दो-एक लोग बेवजह मुझसे सट कर पास से ठिलठिलाते गुजर गए और मैंने एक भयार्त इल्ली की तरह, सदा की तरह, अपने आपको सुकोड़ लिया। बहन होती तो हँसने लगती या, उनसे दोस्ती कर लेती अरे काम आता कभी। पर मैं सुकड़ गई। मुझसे कुछ नहीं हो सकता। हँसना या दोस्ती। एक आदमी ने यूँ ही हाथ बढ़ा कर हरिहरन की मेज छूने की ऐसी चतुर कोशिश की, कि आस्तीन मेरी पीठ से रगड़ भी खा ले। दूसरा मेरी पीठ से सट कर बेवजह मेरे सर के ऊपर से हरिहरन की मेज पर पड़े कागज पढ़ने का नाट्य करता गुनगुनाता रहा— हुँ ऊँ ऊँ ऊँ उसका नाम, दुग्गल था शायद, क्योंकि हाल के एक कोने से किसी ने पुकारा— 'ओए दुग्गल।' तो वह तनिक मुड़ा और खिझलाए सुर में उसे बताने लगा, कि यार वो फाइल मिली नहीं, सब देख लिया। मेरी टेबल पर तो वो आई ही नहीं। फिर वह मेरे सामने आकर खड़ा हो गया, और हरिहरन से पूछने लगा कि उमेश जी कब आएँगे, यद्यपि उसकी प्रश्नसूचक निगाहें हरिहरन के परे एक ढीठ मुद्रा में मुझ पर चिपकी थीं। अचानक मुझे लगने लगा, कि हो न हो उमेश जी से नौकरी माँगने को आने वाली हर लड़की के साथ इस दफ़्तर में ऐसा ही जलालत भरा बर्ताव होता होगा। कमाल है, फिर भी लड़कियाँ आती हैं, नौकरी माँगने, जैसे कि खुद मैं।

सर भन्ना उठा सोच कर, पर चाहते हुए भी मैं सोचना बंद नहीं कर पा रही थी। घिर्र-घिर्र करती एयरकंडिशंड कमरे की पोली छतें, बेतरतीब फैले कागज, टकटकाते टाइपराइटर, मेरी ही सी मनहूस, उदास, खोई-खोई आँखों

वाले कई चेहरे ··· बहुत कुछ था कमरे में जो मेरे भीतर फैले भायँ-भाँय करते वीराने की ही परछाईं था। मैं जिससे बचना चाहती थी, यह कमरा एक खौफनाक शीशमहल की तरह उसे ही सौ गुना, हजार-गुना करके दिखा रहा था, चप्पे-चप्पे पर कोने-कोने से !

तभी उमेश जी आ गए। सारे हाल में एक करण्ट-सा दौड़ गया । रीढ़ें सतर हो गईं, कुर्सियाँ सीधी हो गईं, टाइपराइटरों में गति आ गई। मोरी साँस रुकने-सी लगी।

उमेश जी के साथ पांच-छः तरोताजा दीखते चुस्त लोगों का अमला था। खुशामद से चुहचुहाते चेहरों वाला । पर उमेश जी थे, कि बस हाँ हूँ करते तीखी नब्ज, पैनी नजरों से कमरे का जायजा लेते जा रहे थे। अचानक मैंने पाया कि वे हरिहरन की मेज के सामने खड़े प्रश्नवाचक निगाहों से मुझे ताक रहे हैं। मेरी घिग्घी बँध गई।

"जी बड़ी देर से बैठी हैं, कहती हैं कोई खत देना है आप··" हरिहरन की बात बीच में ही काट कर उमेश जी गुर्राए,"··· जी का फोन तो नहीं आया था?"

"जी आया था। कह रहे थे आते ही ···"

"लगाओ !" तमंचे की गोली की तरह एक शब्द से बाकी वार्ता को खारिज कर उमेश जी अपने कैबिन में चले गए। दरवाजा बंद हुआ। हरिहरन मुस्तैदी से फोन लगाने लगा। अचानक उसका सुर मक्खन हो गया, "जी मैं हरिहरन ··· के आफिस से, सर उमेश जी आ गए हैं ··· जी से बात करा देते फिर बटन दबा कर उसने काल की सूचना भीतर दे दी और रिसीवर रख कर कुछ बुदबुदाते हुए कागज छाँटने लगा। तभी भर्र से उमेश जी के कैबिन के बाहर कर्कश घंटी बजी और भक्क से एक लाल बत्ती भी उस पर जल उठी। हरिहरन कुछ बुदबुदाते हुए कागजों का पुलिंदा लिये भीतर जा धँसा। उसके जाने के बाद मैंने देखा उसकी मेज पर एक शीशी डाइजीन की रखी थी। बेचारा, बदहजमी का शिकार होगा! कमरे में अब अपेक्षाकृत शांति थी।

कुछ मिनट बाद हरिहरन बाहर आया, "बुला रहे हैं ···" उसने जैसे हाल से कहा। फिर कुछ आजिजी से मुझसे मुखातिब हो दुहराया, "आपको !" मैं बटुआ-कपड़े सँभालती उठ खड़ी हुई। मुट्ठी में माँ का खत पसीज रहा था।

उमेश जी के कमरे में, सिवा एयरकंडिशनिंग की भर्र-भर्र के, सन्नाटा था। एक विराट मेज के छोर पर वे एक साँप की तरह अपनी लंबी दुबली देह को कुंडली में बाँधे एक घुमंतू कुर्सी को कभी दाएँ, कभी बाएँ घुमा रहे थे। मैं चुपचाप खड़ी उन्हें दाएँ-बाएँ हिलकता देखती बेवकूफ महसूस करती रही। पर उनके पहल की प्रतीक्षा के अलावा दूसरा रास्ता न था। वे कुर्सी पर थे, मैं खड़ी थी।

"क्या काम है ?" उनकी गरगराती आवाज आई। मैंने स्वप्नचालित पुतली की तरह माँ का खत बढ़ा दिया। पत्र लेते हुए उनकी उँगलियाँ मेरी उँगलियों से टकराईं तो पत्र गिर गया। मैं रोने-रोने को हो आई, ऊपर ताका तो वे मुस्कुरा रहे थे। वही दाँत टूटे खरहे वाली मुस्कान। मेरे माथे पर पसीना चुहचुहा आया।

"पहले कहाँ काम किया है ?" धूप की एक किरन हिलने पर हर बार उनकी चश्मे की कमानी से मेरी ओर चुँधियाने वाली चिनगारी फेंकती।

"कहीं नहीं ।"

फिर वही इंतजार ।

"ठीक है, कल सुबह घर पर आ जाओ ।" मुझे बर्खास्त कर अचानक वे फोन का बटन दबा कर हरिहरन को निर्देश देने लगे। मैं बाहर आई। बड़े आदमियों को रेफरेंस आसानी से थोड़े ही ना मिलता है ! मेरे भीतर उस कमरे से और घुमेरियाँ खाती खरहा-मुस्कान बच निकलने की स्वस्ति थी, कुछ-कुछ भय भी। मैं तो कुछ कह ही नहीं पाई मुँह को ताला लग गया था मानो ! हर बार मेरे साथ यही होता। मुझसे कभी कुछ नहीं हो पाता तभी।

अगले दिन मुझे तेज बुखार आ गया, और तीन-चार दिन तक उठ न पाई। माँ बुदबुदाती रही पूरे दौरान कि राम-राम करके जब समय मिला तो उसी वक्त ये खाट पकड़ गई। अब मेरा क्या कसूर था भला ? हाँ नहीं तो ! माँ भी बस ! बुखार टूटते ही मैं फिर गई। इस बार घर पर जैसा कि उन्होंने कहा था। मेरे मुँह का स्वाद अभी कसैला था और पैरों में भी कँपकँपी-सी होती थी।

उमेश जी का घर एक विशाल किला लगता था। सामने दो एकड़ का लॉन इस शहर में भी ! मुझे पता था कि सुबह-सुबह ही गर्जमंद मुलाकाती वहाँ आ जाते हैं, पर उमेशजी के ड्राइंग रूम में सुबह ऐसा दरबार जुटा होगा, मैं न जानती थी। सर से सर जोड़े लोग यत्र-तत्र फुसफुसा रहे थे। मेरे आने से कमरा काई

की तरह कुछ फटा, फिर जुड़ गया। सामने फकत बनियान और चौड़े पाँयचे के बुर्राक पाजामे में उमेशजी बैठे थे। कभी वे निर्विकार चेहरे से अपने बहुत पास बैठ कर बहुत भेदभरे ढंग से फुसफुसाते उस पतले-दुबले खिजाब—रंगे बालों वाले शख्स पर निगाह डाल लेते, फिर छत को ताकने लग जाते।

मेरे अभिवादन के प्रत्युत्तर में उनके खरहा दाँत कुछ बाहर निकले। 'क्या हुआ, फिर आईं नहीं तुम ?' आत्मीयता से उनकी गरगरी आवाज कुछ नरमा-सी गई। मैंने सूखे गले से बताने की कोशिश की, कि मैं बीमार थी। अचानक वे पलटे और खिजाब वाले व्यक्ति को बुदबुदा कर कुछ बोले। दोनों होंठों ही होंठों में एक दूसरे से जाने क्या कहते रहे, फिर हठात् खिजाब वाला व्यक्ति उठा और अभिवादन कर तेजी से बाहर को जा निकला।

"अरे भाई, अमुक जी को फोन लगाना !" उमेशजी ने किसी से कहा, फिर किसी दूसरे से कहा, कि भाई रस्तोगी को एक मिनट रोकना, जरा कहना ऊपर मिल कर जाए, और फिर मन्द-मन्द कलम से पीठ खुजाने लगे। उनकी पतली बाँहें ऊपर उठने से बगल का रोमश भाग झलक मारने लगा था, जो मुझे बड़ा भद्दा लगा । — "अरे खड़ी क्यों हो, बैठ जाओ ।" उन्होंने हठात् बड़े गौर से मुझे देखते हुए कहा, और खिजाब रंगे शख्स के उठने से खाली हुई जगह की ओर इशारा किया। कमरे में खाँसियाँ छिड़ गईं या मुझे ही ऐसा लगा। कुछ क्षण मैं न ययौ न तस्थौ स्थिति में अधबैठी रही। तभी मेरी जान बचाने को फोन आ गया, और उमेश जी उसमें जुट गए।

"क्या तुमने कहीं और भी सर्विस के लिए कोशिश की है ?" मैं चौंकी। कमरे के अधिकतर लोग अब तक जा चुके थे, और उमेशजी न जाने कब फोन-वोन से फारिग हो मेरे ऐन बगल में आ खड़े हुए थे।

मैंने उनके चेहरे की ओर अचरज से देखा। कुछ देर तक मैं कुछ न बोल सकी।

"नहीं।" थोड़ी देर बाद मैंने जवाब दिया।

"ये नौकरी के लिए बिना कोशिश किए नौकरी पाना चाहती हैं !" उमेशजी बोले। कमरे में उपस्थित बचे-खुचे लोग ही-ही करने लगे। उस हँसी में एक अश्लील-सी चाटुकारिता थी। उमेशजी की उँगलियों ने अचानक मेरे बालों का स्पर्श किया। मेरा बदन गनगना उठा। बगल के फूलदान से एक गुलाब निकाल कर उमेशजी ने अलसाई उँगलियों से मेरी वेणी में यूँ खोंस दिया था !

"बहुत सुंदर बाल हैं तुम्हारे" — उमेशजी की आवाज में गुलाबी पोपली लार सलसला रही थी। "क्या-क्या कर सकती हो ?" उनका सुर मेरी कनपटियों पर भाप-सी छोड़ने लगा। भाप में पायरिया की सड़ांध थी। "घर से कैसे आईं।"

पल भर को मेरी आँखों के आगे अपने घर का चित्र तैर गया। एल. आई. जी. में जैसे-तैसे खप कर बनवाया गया भोंडा रेतभरा मकान, टीन के पिचके ट्रंकों में सहेजे हमारे कुल तीन-चार जोड़ी 'अच्छे' कपड़े जो हम बड़े लोगों से मिलने को पहनतीं। रसोई के पुराने बरतन-भाँडों के बीच रखे बेमेल से लगते उस टी-सेट के प्याले जो बड़ी बहन ने जब से लिये थे, तब से कलपती रहती थी, कि जाने इसके लिए अच्छी ट्रे कब जुटेगी ? "जब ये भी हीले से लग जाएगी", माँ ने एक बार डायनों जैसे मुस्कुरा कर कहा था। अब मेरी बारी थी इक्के का जुआ कंधे पर रखने की, स्टील की चम्मचें, ट्रे और नए पर्दे मोलाने को—एल. आई. जी. से एम. आई. जी. तक किस्तों का एक पुल तैराने की।

आँखों में भरपूर खुमार भर कर मैंने उमेशजी की आँखों में उन्हें गड़ा दिया, गो कि मेरे भीतर दाँती भिंच रही थी। हरामी का पिल्ला !

खूब रात गए मैं घर पहुँची। माँ सो रही थी। बड़ी बहन ने चुप सिटकिनी खोली और फिर जा कर सो गई उसने पूछा भी नहीं कैसे लौटीं ? क्या तुमने खाना खाया है ? मुझे हठात् याद आया कि उमेशजी की मोटर की आवाज तो वह भी खूब पहचानती है ! कुल आधी बाल्टी पानी से जितना रगड़ कर नहाया जा सकता था, मैंने नहाया, और फिर आ लेटी ! जाने क्यों अब मेरे क्लांत मन में तनिक भी क्रोध या खीझ नहीं बच रही थी। बगल में गुड़ी-मुड़ी पड़ी, सघर्षों से टूटी-थकी माँ और बहन को देखते हुए मुझे लगा कि कभी जब मैं इस सब से दूर बहुत दूर, बहुत बड़ी नौकरी पर चली जाऊँगी, तो इस सब पर एक उपन्यास लिखूँगी, एक बैस्ट सैलर, जो चौदह भारतीय भाषाओं में अनूदित होगा, और उसकी एक-एक काम्पलीमेंटरी कापी अपने दस्तखत करके इन दोनों और उमेशजी को भेजूँगी।

यह ख्याल ही इतना बेहूदा था, कि उस दम भी मुझे हँसी आ गई।

[नवंबर, 1989 : साप्ताहिक हिंदुस्तान]

कर्कशा

हवा के छोटे-छोटे टुकड़े चादरों में सल डालते हुए ताजगी का भ्रम तो पैदा करते थे, पर सुबह धूल से खूब किरकिराती थी। तिस पर सड़क से लगातार एक असह्य मिठास भरी सिरके वाली गंध हवा में चढ़कर आ रही थी। भग्गो ने लोटे से पानी हाथों में गेरा और आँखें छपछपाने लगी। चिड़चिड़ापन उसके अँगूठे और तर्जनी के बीच तार खेंच रहा था। भग्गो ने छिटका, तो हाथ जंगले से टकराकर झन्ना गया। हाथ पर फूः फूः करती भग्गो के भीतर नोन-मिर्च और भटकटैया के काँटे उग आये। सुभे हो गयी। पड़े-पड़े सो रहे हैं। घर में पानी का नाम नहीं। गर्मी ऐसी नामुराद। खुद उठ के चाय बनानी हो, तो पता चले। अभी तो वही लगी है सबके बाप की लौंडी।

चीकट बिछौने पर रामनेरश उधड़े टाँकों वाले गुड्डे-सा लुढ़का पड़ा था। सुबह-सुबह इसी मंगलाचार के बीच उसकी आँखें खुलीं। गनीमत थी, वह छत पर था और भग्गो नीचे रसोई में। थोड़ी देर वह पीले पथराये नेत्रों से मटियाले उजास से भरे संन्निपाती आसमान को ताकता रहा, जहाँ एक चील बस गोता खाये जा रही थी। चाय की तलब ने जोर मारा। तनिक बदन चुराता वह धीमे-धीमे नीचे उतरकर रसोई की दहलीज पे जाके बैठ गया। गंदे हाथों ने एक धब्बेदार चाय का गिलास उसके आगे ऐसे दे पटका, कि ऊपर की तीन-चार घूँट चाय नीचे आ गिरी। मक्खियाँ तो ताक में ही थीं। राँड़ें जत्था बाँधकर तुरंत आ गयीं। फूः फूः करते रामनरेश चाय की कुनगुनी घूँटें पेट को रवाना करने लगा। अभी तो कमजात से कुछ कहने का धरम ही नहीं हुआ। सुभे-सुभे रामायण खोल के बैठ जाती है हरामजादी। थ्यूः! उसने चाय की एक कसैली पत्ती मुँह टेढ़ा कर थूकी, और गिलास खिसकाकर संडास में जा घुसा। नल आ गया था।

विषण्ण कलहकामी नेत्रों से भग्गो उस भिनकती जगह को, जहाँ मिनटों पहले उसका पति उकड़ूँ बैठा चाय पी रहा था, बैरी की तरह घूरती रही, फिर एक लंबी उसाँस छोड़कर वह बर्तन धोने लगी। राख और मिट्टी से सने उसके पोर जानवरों के खुर से लगते थे। हथेली की दरारों में, नाखूनों में, मेल की कई सिवइयाँ जगह-जगह लेटी थीं। क्या करना साफ करके? करे ही क्यों? यहाँ किसके बीच उसे उठना-बैठना है जाके? लाख दुक्ख हों, ऐसी गई-गुजरी तो है ना वो, कि टाँगों की खुड्डी बना के बाहर नालों में बच्चे हगाने वालियों कन जा पसरे! अपने तक रक्खें राँड़ें अपना बहनापा। शुरू-शुरू में जब रामनरेश यहाँ भी उस पे हाथ छोड़ बैठता, तो बड़ा आयीं थीं दीदे फैला-फैला के हाय, हाय, हैं, हैं, कर उसे बचाने। भग्गो ने पट्ट देनी किवाड़ें फेर दिये थे मूँ पे उनके। अरे तुम्हारे जैसी मेरे मायकेवालों कने झाड़ू-पोंछे को आवे हैं। तुम्हारी हमारी कैसी लटरम-पटरम? हैं?

भग्गो की बहनें अच्छे दूध-पूत भरे घरों में ब्याही थीं। इस शहर में जो थी, उसका पति दुहेजू था, पर मान बड़ा था। पहली शादी के बड़े बच्चे भी अम्मा-अम्मा करते सौतेली माँ के ही आगे-पीछे डोलते। पहले दुबली देहवाली उसकी यह चुप्पी बहन अब भारी बदन और अधिकार संपन्न पुकार वाली हो चली थी। अपने गृहस्थ के पारावार में भारी मस्तूल वाले जहाज-सी पान चुभलाती मजे में दिन-रात उमचूम होतीः रहती। भग्गो आए दिन सुबह-सुबह अपनी गिरिस्ती पे ताला मार, उसके आगे रोने चली आती। बहन के निहोरे भग्गो को बड़े सुहाते थे, ये उसकी बहुओं को वह फूटी आँखों न देख पाती—ये भी क्या कि सिर उघाड़े खी-खी करती सास से ठिठोली कर जाये? हैं? उनकी भाभियों की मजाल थी, कि क्या नाम उनकी अम्मा के आगे मजाक का म भी बोल सकें? बेटियों पर अलबत्ता वह बलिहारी जाती—उनके लिए यह कभी रूमाल खरीद ले जाती, कभी अपने हाथ के चूड़े-चूड़ियाँ उतार के उन्हें पिन्हा देती। लड़कियाँ निरी हुदहुद बछेरियाँ भले ही हों, उनके लिए भग्गो के दिल में सौ खून माफ थे। अरे यही दिन है खा-खेल लें, है कि नहीं? बाद को तो··· घर आकर वह देर तक पति के आगे बहन के घर की संपदा के बखान करती रहती, "चार-चार प्रेशर कुकर हैंगे जिज्जी के, तीन सेट स्टेनलेस की थाली-कटोरों के—चार मेल की सब्जियाँ पकती हैं, हर खाने में, और हर कमरे में नये पर्दे सिलवा लायी है बड़ी बहू ··· "

भग्गो उदारमना बहन के घर से अकसर चीज-बस्त लेके आती। कुछ देर कमरे में फेंटा बाँधकर अपने वह भी घर की धजा बदलने में जुट जाती। इत्ता बड़ा परवार था बहन का कि उनकी उतरनों से ही कई गृहस्थियाँ चमक जातीं। फिर देखते-देखते एक उदासी-सी उसके मन पर छाने लगती—क्या होगा इस डेढ़ कुठरिया के फ्लैट को धो-माँज के? वही लोहे के भोंडे जंगलोंवाली खिड़कियाँ—वही बेढंगे दरवाजे, जिनकी चिटखनी लगाने को पूरे बदन का बोझ पल्ले के ऊपर गेरना पड़ता। उछाह से बहन के घर से माँगे उन तमाम धुले पर्दों-कलेंडरों तस्वीरों पर उसे रुलाई आने लगती—उसी के नसीबों हैगा ना। ये दूसरे की उतरन ओढ़ने का संजोग! अरे रंग दबा था तो क्या? पड़ोस की नीमा-छमा की माँ को अधरंग नहीं था, पर क्या उन्हें पी. डब्ल्यू. के ओवरसियर नहीं मिल गये? बहन की छोटी बहू की रिश्तेदारी है उस तरफ की। बता रही थी कि, आज मायके आती हैं, तो बक्से की तली में नोटों की गड्डियों की तही ले के।

तब पति को निर्विकार कागज की कतरनें काटते-अगोरते, या रेडियो सुनते देख भग्गो का आक्रोश शतधा हो फट पड़ता। तुम्हें दफ्तर में बहुत कर के कोई दे भी जाये तो मरी सिगरेट की डिब्बी या कैंटीन के चाय-समोसे। बहस इसके ऊपर नहीं। डेस्क-डेस्क की क्या बात है जी, उसे क्या बनाना? वह नहीं जानती क्या, कि ये रसूख की बात होती है। अगले का मिजाज भापने की होती है। अजी लोगबाग भी समझते हैं कि कौन गाँठ का पूरा है, और कौन निपट उल्लू का।

"तो तूने भी मुक्ख से गाली नहीं निकालनी थी न"—बहन ने उसकी पीठ की नील सहलाते हुए कहा था। "कुत्ते जित्ती इज्जत नईं मेरी वहाँ, कुत्ते जित्ती।" परम तृप्ति से हिलग-हिलगकर भग्गो रोती रही। बहन की बहू चाय लाकर रख गयी थी, उसने चुस्की लेकर बुरा-सा मुँह बनाया, "इतने बरस तुम्हारे संग रहकर भी इसे चाय भिगोनी नईं आयी जिज्जी!"

भग्गो के जाने के बाद समझदार बहन बहुओं को समझाती रहती—"अभागन है यह बेचारी, इसीसे कभी कड़वा बोल जाती है—कोई सुख नहीं किया इसने भी—घर छूँछामरद भी; गोद में बाल बच्चा ही होता तो चलो छाती ठंडा लेती, कि लड़के-बेटों के राज में सुख पा लूँगी—पे वो मर्दुआ तो जाँच के नाम से बिदकता है। सब बहनें राज करती हैं, यही बिचारी, क्याऽ? नसीब का फेर है जी। धरणीधर जी की दुलहन को देखो, पति के राज में तो जनम चक्की पीसी, पर अब बेटों के राज में मूँग की पकौड़ी के लिए भी उसकी

दाल विलायती मिक्सी में पिसती है—यह बिचारी तो हर जगे मार खा गयी—बुरा न मानना इसके कहेका बेटी, वैसे दिल की बड़ी साफ है हमारी भग्गो—" "अरे नहीं अम्माजी" समझदार बहुएँ इधर-उधर हो जातीं। उन्हें भग्गो मासी भले ही काटने को दौड़ें, उनके बच्चों का तो खूब दुलार करती थीं।

"हाँजी," भग्गो बहन के बड़े पोते को कौतुक से बता रही थी, "तुम्हारे मौसाजी जो हैं ना, बताओ तो भला कैसे दिखते हैं?"

"झल्लू के बापू जैसे?" भोला बच्चा पट्ट से कहता—झल्लू का बाप उनके घर का जमादार था। भग्गो कई बार उससे यह बात दुहरवाती, "हाय कोई सुने इस मसखरे की बात। जानती है," फिर वह बहन से कहती, "पहली बार जब ये आये थे हमारे घर, तब तुम तो ससुराल में थीं, हाय राम, हाथ में टीन का बुकचा उठाये—गाल में पान भरे मुझसे पूछें, 'घड़ में कोई है?' मैंने जाके अम्मा से कह दिया कि शायद नाई आया है हजामत को किसी की।"

जब तक भग्गो की माँ जिंदा थीं, ये किस्सा सुनकर झूठमूठ क्रोध का नाट्य करतीं, "चल मरी बातें बनाती है।"

"बातें नई अम्मा, कसम ले लो। सच्ची बताओ, क्या हमारे घर के दामादों जैसा रूपरंग हैगा इनका? लगते नई जैसे जल्दी में घरवाले रिफ्यूजी मार्केट से सैकिंड हैंड माल उठा लाये हों। नईं? मैं एक बात कह रही हूँ"—एक विषाक्त हँसी हँसकर भग्गो अम्मा का ग्लानि से फटा जाता हृदय कुरेदती।

आखिरी दिनों में उसके कुरेदने पर अम्मा प्रायः रो पड़ती थीं, "बड़ा अन्याय हुआ हमसे तेरे साथ बिटिया, ऐसी मैदे की डली जैसी मेरी बेटी, दूसरों की परतीत करके इन लोंगों कन दे डाली—हमें क्या पता था कि माँ-बाप ही नहीं—शराब में नसीबों को भी जला चुका है अभागा।" वृद्धा माँ को चुपाती भग्गो परम तृप्ति से माँ के सशक्त सीने पर सिर टिकाकर रोने लगती, "तू चली जायेगी तो मेरा क्या होगा अम्मा?"

अम्मा को ग्लानि का यह घाव भग्गो ने कभी भरने नहीं दिया। जब कभी माँ को वह बेटियों-बहुओं नाती-पोतों के बीच तृप्त हो हँसता देखती, तो चट अपने दुख को पूनी लेकर दौड़ी आती, और जिह्वा को ताँत से टंकार-टंकारकर तब तक उसका रेशा-रेशा फैलाती रहती, जब तक कमरा गुञ्जन हो जाता, और अम्मा रो न पड़तीं। मरते बखत भी तो अम्मा कित्ता रोयी थी और उसे देख के। जभी सब कहते थे उनके परान तो बस भग्गो में ही अटके थे।

माँ के मरने के बाद भग्गो के भीतर एक कोना डाँय-डाँय करता रहता। उस खाली घर में वह डर-डरकर पैर रखती। मन के चारों ओर तब भी हरदम सन्नाटा सा छाया रहता।

जिज्जी के घर से जब भग्गो लौटी तो फिर वही भाँय-भाँयपना उसको अपने घर के भीतर चौतरफा पसरा दीखा। धूसर, मलाई से बादलों ने आसमान घेरकर दिन को बुझा-बुझा-सा कर दिया था। जूठे बरतनों, अनधुले कपड़ों और भदरंग दीवारों से घिरी भग्गो को अपना जीवन एक बार फिर नितांत अलोना-अलोना-सा लगने लगा और उसका हृदय एक जाने कैसे अनजाने से बोझ से भर उठा। मन किया कि जाकर सो जाय बस। पर दिन भर की थकान देह को लुगडे-सा निचोड़ देती थी। सोने को आँखें मूँदती तो वह सारा गुड्डिलपना दर्द देने लगता। कहाँ जाय वह? कहाँ? रामनरेश की तेलिहा खोपड़ी तो तकिए पर पड़ी नहीं, कि उसकी नाक बजने लगती थी। चिंता की छिपकली अचानक उसके भीतर चिक-चिकाने लगी, जने कितने की पी के लौटेगा आज? एक तो लड़झगड़ के गया है, तिसपर पहली तारीख भी है। वह आकर बारजे पर खड़ी हो गयी। घर के भीतर दम घुटता था।

बारजे पर भी देखने को था ही क्या? उसके मैके के घर में बारजे पे आ जाओ तो रामझरोखे से पूरा मुजरा देख लो। शहरभर की खबर रखती थी वो, धिरधिर धिर अम्मा के पास दौड़ी जाती अरी अम्मा मद्रासी मास्टर की बंगाली बीवी पैर से है··· पर यहाँ तो रात में बस यहाँ से वहाँ सीमेंट और कोलतार की दुरंगी सियाही ऊँघती रहती थी, या फिर पीली बत्तियों की परछाइयाँ। कभी मोटरवाले गुजरते तो परछाइयों का एक रेला सीधे उनके कमरे की दीवारों तक चला आता। दिन भर बुझे-बुझे असमय बुढ़ाये लोग सामने की पुरानी मस्जिद के खंडहरों के बीच आते-जाते दीखते थे, या फिर दूर सीढ़ियों पर कभी झुकी बैठी किसी अभागे की परछाईं। भग्गो का मन होता कि वह भी जाकर उसके पास बैठ जाये और खूब दिल खोलकर बातें करे। अपने मायके की, अपने बचपन की। इस हाय-हाय किल-किल इस निस्संग बंजरपने को वह कहीं गठरी बाँधकर दूर फेंक दें। पर कहाँ ···?

छत पर पुरानी बातें याद करते-करते साँझ गहरा चली थी। रामनरेश अब तक नहीं लौटा था। घर के सामने, सड़क के उस पार लोहे की ऊँची बाड़ के परे नामहीन पेड़ों की मूर्ख वृहदाकार आकृतियाँ अडोल खड़ी थीं। भग्गो कुहनी के बल उठ देखती रही। भगवान करे कभी न आये! मरे निपूता कहीं नाली-गटर

में जाके, उसे क्या? खाना उसने उठाकर रख दिया और भूखी ही सोने चली आयी। विशाल, गहरे काले आसमान के नीचे निस्तब्ध शांति का आँचल फैला था। नीचे पड़ोसन के बच्चे गुड़ी-मुड़ी भ्रूण सरीखे झिलंगी चारपाई पे पड़े थे। दुबली साँवली रक्तहीन कलाइयाँ आँखों पर रखे हुए। उनकी फीकी, कुछ-कुछ पीली उसकी हथेलियाँ ऐसे फैली हुई थीं, ज्यों झिझकती हताशा से भीख माँग रहे हों।

जने कहाँ पड़ा होगा अभागा पी-पिलाके? लौटेगा भी, तो इस डाँयडाँय करते घर में क्या था उसके लिए? हैं? उसकी भी जुबान जने क्यूँ छटपटा जाती है कुछ उल्टासुल्टा कहने को? भग्गो को महसूस हुआ कि पति की अव्यक्त आहत भावनाओं के घन तले उसका कलेजा एक नग्न, ठंडे पत्थर-सा विदीर्ण हो आया है। उसे लगा, ज्यों वह दोनों एक विराट् सदियों पुरानी जीर्ण तिलिस्म में आन फँसे हों। यहाँ वे घूम-फिर सकते थे। नोना झिराती ताखों को मुक्के मार-मारकर धूल और लखोरिया ईंट नीचे झड़ा सकते थे, कभी कहीं किसी कोने में उगी घास के टुकड़े पर छिन भर को सुस्ता भी सकते थे, पर उस तिलिस्म को हद से उन्हें बाहर निकलना नहीं था। कभी नहीं।

नीचे एक निश्वास के साथ पड़ोसी के एक बच्चे ने करवट बदली। हल्के से वह गुनगुनाया भी, ज्यों कहीं कुछ दुखता हो। लार का एक रेला उसके होंठों के कोनों तक उतर आया था, और कभी-कभी उसके मोटे बेडौल होंठ तनिक कँपकँपा उठते थे।

अपने निचाट अकेलेपन का दुख मूंज की चारपाई-सा भग्गो की पीठ में फिर गड़ने लगा। क्षणभर पहले पति के प्रति साझीदार संवेदना की एक चिलक सी जो चमकी थी, वह पुनः जहरीली हो गयी और उसकी कचैंधी बास को वह उठाये धीरे-धीरे सूँघती रही। न बाल, न बच्चे! क्या पाया उसने इत्ते बरस ऐसे मुहल्लों में ऐसे शख्स के साथ घिसटते हुए, हँ··· और क्यों? सात बेटियाँ थीं अम्मा की ··· कर्ज की जिम्मेदारी थी, तिस पर सब रिश्तेदार बस हाय-हाय हैं है ही करते थे। मदद कौन करता था? अम्मा सब समझती थी, पर अपना शरीर भी तो साथ नहीं देता था। कराहती, कलछती घुटनों पर हाथ टेककर ही उठ पाती थी अम्मा, उसकी शादी तक। सब कहते ये वाली निबट जाये तो ··· पर ऐसा भी क्या निबटाना कि एक सिरे से कुएँ में ही ··· ऐसी कमी थी तो नहीं। हाए कौन था वो लड़का जो मुँडेर से गेंदें के फूल फेंकता था उसपे? उस वक्त लँगड़ाती अम्मा ने उसके

सात पुश्त तार दिये थे ··· कि छोटे रिश्तों वाला घर हैगा मर के ब्याहेंगी बेटी उसे? ··· पे सोचो तो क्या इत्ता बुरा था वो? ··· क्या पता उससे जुड़ती तो गोद में एकाध ··· खराबी उसमें तो निकली ना थी ···

मन-दिमाग बस चलता रहता है, जाने कैसे? कोई धुरी नहीं, कतार भी नहीं—सोच-सोच के भी बाहर कुछ ऐसा थोड़ेई आ पाता है, जो बता दे कि उसकी छाती के भीतर कितना कुछ छिपा हुआ है टेढ़ा-मेढ़ा, जो बाहर आता है वह जने क्यूँ इतना कड़वा, कि बस ··· मन भटकता रहता है। टपाटप ··· बाऊजी का टाइपराइटर था ना पुराना। छोटी थी, तो उसकी चाबियों पर उँगलियाँ मारती जाती और अपने जी में गढ़ती जाती थी, कि जने बेलन पे क्या कुछ छपा जा रिया है ··· छपता क्या, अंडा? न उसे अक्षर आते थे, न पुरानी-धुरानी मशीन में कागज फीता होता था। पर हर बार अम्मा की मार खाकर वह वहीं दुबकती थी ··· टप्प ··· टप्प कुछ चाबियाँ अड़ियल घोड़ों सी खड़ी हो रहतीं, तो वह उन्हें हौले से फिर बिठाकर तेजी से फिर चाबियों पे दे दनादन उँगलियाँ मारने लगती ··· हे भगवान अम्मा की हथेली पे मांस चढ़ा दो—चाँटा बहुत चुभता है ··· 'मुहोब्बत' वाला वो गाना भी, मुहोब्बत में ऐसे कदम डगिमगाए, जो कि फूल वाला लड़का उसे सुना के गाता था, और फिर उसे दिखा के कैसे हिचकी लेता था बदमाश। हिक्क ··· अम्मा का चाँटा उसके गाल पे छप सा गया था ··· टप्प, टप्पाक्क, टप्प टप्प। वो, बेलन खिसकाती थी, तो बोलता था, पिंग। बाऊजी के मरने के बाद भी भला कुठरिया क्यूँ कहलाती थी टाइप की कोठरी ? टाइप होना ही क्या था? अंडा! फिर भी न मालूम कितनी खटकनें और बिना मात्रा के, बिना हिज्जों के बेतरतीब खयाल वह टपटपाती बैठी रहती थी ··· टप ··· टाइप की अँधेरी कोठरी में मकड़ी के जालों की तरह उसके अदीख अक्षर टँकते चले जाते थे ··· अभी भी वे उसके मन की किसी अँधेरी कुठरिया में डले तो पड़े हैं ··· तकलीफ से वह नहीं डरती थी—मेहनत से भी नहीं ··· सात बेटियों के दरिद्र बिना बाप के घर का जाँगर था, खटने की पक्की कूवत वाला। पर अम्मा को जल्दी थी। उनकी ताकत जैसे-जैसे छीजी जाती थी निसदिन, त्यों-त्यों बुदबुदाना बढ़ता जाता—'सात-सात बेटियाँ, हाय सात-सात बेटियाँ! उठते-बैठते, सोते-जागते कानों में यही जाप, कि ये टलें, तो गंगा नहा लूँ

··· टपाटप ··· ट्प ··· टप ··· होना क्या था? अंडा! किसी ने यूँई जिकर कर दिया रामनरेश का, कि बे-माँ-बाप का होनहार लड़का है सुनते हैं—पे बस लग गई मोहर उसके नसीबों पे! ··· शादी हुई, असलियत खुली तो सर पीटने के अलावा क्या बचा था? पे अजीब बात जे देखो, कि जिस घर से रब्मड़ की गेंद की तरह लड़की को लात जैसी मार के बाहर फेंका जाता है, टप्पा खाके फिर वह अभागी उधरै को जाती है ··· अम्मा अम्मा करती हुई। आज कुछ दिन यहाँ, कल उधर, फेर वापस इधरें। बास्स ··· जनम बीत गया जी ऐसे ही! उसका भी, अभागे रामनरेश का भी। नहीं आया न? आ जायेगा। जाने को और ठौर ही कहाँ है?

रात ठंडाने लगी थी। मीठी हवा के नन्हें झकोरे चौकड़ियाँ भरते यात्रियों पर कूदने लगे थे। एक सघन आत्मीय सन्नाटा भरा एकांत उस दरिद्र अभावजर्जर मोहल्ले की छतों पर धीमे-धीमे फैल गया। कुछ देर पहले दूर लगते तारे ज्यों पास आके टिम टिमाते थे। तकिए पर माथा टिकाते हुए जाने क्यों भग्गो की उनींदी उँगलियाँ तकिए के गिलाफ पे जाने किसके लिए अक्षर टपटपा चलीं—स्वीट ड्रीम्स ··· गुडनाइट।

एक क्षण को, सिर्फ एक क्षण को, अनगिन तारों ने तितलियों के कोमल पंखों की तरह उसके तपते शरीर को पूरमपूर छवा दिया। फिर भग्गो की आँखें लग गयीं।

[नवंबर-दिसंबर, 1989 : हंस]

हिर्दा मेयो का मँझला

"क्या यार, चक्कू कहता है तू इसे? इससे तो साली नकटे की नाक भी नहीं कटेगी। ला दो गड्डी चुएँ का साग तोल फटाफट, कद्दू रहने दे।" पर दुकानदार खुट्टल चाकू और लुढ़कते-फिसलते कद्दू से बदस्तूर उलझा रहा।

"हिर्दा!" मैंने आवाज दी कालिदास से टक्कर लेती उपमाओं का यह अक्षय कोष और दुर्वासा जैसे तेवर और किसके हो सकते थे? हिर्दा मेयो के अलावा?

पीले विषण्ण चेहरे पर जड़ी आँखें मोटे चश्मे के पीछे से कुछ पल मेरा झिझक भरा मुआयना करती रहीं, मैं नहीं पहचाना गया था। मैंने रणनीति कुछ बदली, "भैक्शीनेशन इंज दी मैथड आफ प्रिमेटिंग श्माल पॉक्श बाइ मीन्श ऑफ काउ पॉक्श।"

हाथ का झोला दन्न से अरबी के ढेर पर पटककर हिर्दा ने मुझे गले से लगा लिया, "अरे यार डियर पितुआ तू! साले काउ पॉक्श की औलाद, ऐसा फिल्म का हीरो जैसे बनके घूमता-फिरता है, पुराने यार लोग पहचानें भी तो कैसे? हमने तो रोज निक्कर-कमीज में देखा ठैरा तुझे। वाह यार वाह।"

फिर मुड़कर हिर्दा ने भौंचक्के दुकानदार को जो बताया कुछ इस प्रकार था कि ये पाइन लॉज वालों का लड़का है, डिप्टी साहब का नाती पीतांबर, दी ग्रेट एडीटर—किशन सुदामा की तरैं साथ-साथ पढ़े ठैरे हम गौरमेंट स्कूल में। अपने तो गांधी क्लास वाले ठैरे, पर ये साला तब भी अब्बल दर्जे वाला हुआ—गर्मियों में ये लोग आने वाले हुए, तब दो महीने को प्रौभीजनल दाखला लेने वाला ठहरा इसका, हमारे संग—अहा कितने जो अंग्रेजी के लैसन रटे ठहरे हमने साथ-साथ। इसके मैक्सीनेशन वाले रट्टे ने ही अपनी हाईस्कूल की नैया पार लगायी थी वर्ना कंपलसरी अंग्रेजी तो यहाँ छाती पर मूँग दलने वाली ठहरी मूँग।

दुकानदार, जो लगभग पोपले मुँह के कोने में जीभ अटकाये अपने तिलिस्में

होश-रुबाई चाकू से अब तक कद्दू हलाल कर चुका था, निष्काम भाव से टुकड़ा तौलने लगा, "ये लो तीन पाव हुआ। सवा दो का लगाता—दो दे दो।"

"क्या यार कुल्ल आधा किलो को कहा था, फराल (फलाहार) को चाहिए कर के। पर बुढ़िया मानेगी जो क्या कद्दू बगैर। ला, दे।" हिर्दा जीर्ण कुरते की पाकिट टटोलने लगा था। एक सस्ता पिचका प्लास्टिक का बटुआ उसने निकाला, और टटोलने लगा। उस मुड़े-तुड़े शीर्ण नोट को निकालने के बाद शायद बटुए में कुछ बचा भी न था।

"ये टिमाटर क्या भाव दिये?"—"दस" दुकानदार गद्दी पर उठंग हो गया। एक क्षण हिर्दा की हताश तर्जनी ने बटुए की सूनी कोख टटोली, "क्या यार, टिमाटर न हुआ बकरे का मीट हो गया?"

"मीट तो हो गया पचास का, समझे? अभी भी साग-सब्जी सस्ती ही है।"

दुकानदार प्याज की ढेरी सही करने में जुट गया।

"कब आया तू? यहाँ कहाँ रुका है तू? पाइन कॉटेज तो देसियों ने खरीद लिया सुना।"

"हाँ, रुका हूँ होटल में।"

"वाह यार! अरे हम मर गये थे क्या? हैं? चल-चल उठा लाते हैं तेरा बैग-हैग। साहब आदमी ठहरा तू ट्रंक-कंटर ले के जो क्या आया होगा? क्यों?"

"छोड़ यार"—शीर्ण झोले की क्षीण संभावनाएँ विरले मूर्ख से ही छुप सकती थीं। "गाड़ी सड़क से लगा है होटल, आने-जाने को सहज है," मैंने समझदारी से उसकी हताशा पर उत्साह की बल्ली अड़ा दी। "पर घर का खाना घर का ही हुआ। दो भाई दो, जरा बोज्यू (भाभी) के हाथ का हम भी खा आयें आज।" मैंने दुकानदार को कहा और सब्जियाँ तुलवाने लगा।

बिक्री की संभावना से दुकानदार के पोपले मुँह में से अब हठात् सरस्वती उमड़ने लगी, "ये जमाना हो गया है एडिटर ज्यू," वह कह रहा था, "कैसा कैसा देखा ठहरा हमने, पर ऐसा महँगाई का राज, गरीब के चूतड़ों पे दिन रात लात, आज ही जो देख रहे हैं। जो हरामी कल तक ककड़ी-भुट्टे चोर के गली-गली खुजलिहा कुत्ते जैसे मारे फिरते थे उनके सिर पर ये तिरछी टोपी, बदन पर आहा रे नेता छाप ये कुर्ता! हो गया, जीप में बैठके जब आते हैं तब टेढ़ी गर्दन करके—कौवे जैसी लला, समझे, कौवे जैसी—पूछ भर जाते हैं—मिजाज अच्छे

हो रहे हैं शाह जी? करके! बुजुर्ग मानुष तो सिर नीचा करके हाँ-हाँ करके गुजर जायें, आजकल के लड़के खब्बीस सांड जैसे उनको सींग मारने को दौड़ते हैं!"

उसने तीन भिंडी पलड़े से हटाकर बड़ी नजाकत से एक भिंडी उस पर पुनर्स्थापित कर धर्मकाँटे को स्थिर किया। फिर लिफाफे को तनिक हिलाकर उसमें पूरी सब्जी अँटाने लगा, "झूठ जो क्या कह रहा हूँ—पूछ लो यहीं खड़े इन हिर्दज्यू से, पिछले हफ्ते टिमाटर जैसे गाल लेके भ्राताजी अध्यक्ष आये थे, इनसे हाथ जोड़के कुसली-मंगल पूछी, नंदादेवी के बल्द (बैल) जैसा इनका मँझला दौड़ता हुआ आया, और कहने लगा, कि ऐसा पूछने में जीभ तो झड़ नहीं जाती तुम्हारी नेता ज्यू? बाँह-वाँह चढ़ गई हो। देखते-देखते, हाथ में हॉकी इस्टिक भी ठहरीं छोकरों के। बात की बात में हाथ धर देने वाला हुआ सुरिया, जभी लोगबाग उसे पांडवों का भीम कहने वाले ठहरे। उधर नेता ज्यू का मुक्ख गुस्से से देसी छोड़ बिलैती टमाटर जैसा हो गया ठहरा। चार-छै बुजुर्गों ने बीच-बचाव कर दिया वर्ना उस दिन कोतवाली भेज जाने का पक्का इंतजाम कर ही डाला था मेरे यार ने।"

धनिये की गड्डी से दो-तीन मरियल पौधे खींचते हुए उसने सौदा तोलने का पटाक्षेप किया और जो चंद बातें सामग्री थमाते-थमाते कहीं, उनका सार कुछ इस प्रकार का था कि भीम क्या दुर्योधन क्या? जमाने का चलन ही बिगड़ गया है। क्या जो कहो! घर-घर में भीम जैसे लौंडे दो-दो हाथ करने बैठे हैं, चाकरी बिना। ऊपर से चौमास में बरखा नहीं हुई। साग-पात ये कैसा आ रहा है, सब देख ही सकते हो। पहले से चौंसार की मूली आने वाली हुई ये समझो मूसल बरोबर, गोस्नी का हरा धनिया ऐसा ठहरा कि नमक में डाल के पीस के सालभर धरे रहो, चुटकी भर भात में मिलाओ, तो सड़क चलते लोग खुशबू सूँघने को ठैर जाएँ। आज एक पैसे का नफा नहीं रहा इस काम में। बाप-दादे दे गये थे दुकान सो खेंच रहे हैं।

"हात्-तेरे की !" अंतिम वाक्य कानी गाय के लिए था, जो ख्योंतार (गुलेल से छूटे ढेले) जैसी सीधी चली आ रही थी जैसे उसके लिए टोकरों में सब्जी छजायी गयी हो। "हात्!"

भीम-जनक हिर्दा मेयो का चेहरा निर्विकार था। ढेरों से मटर उठाकर उसने एक फली छील डाली और अब दाने मजे में खा रहा था। हिर्दा मुझसे उम्र में कोई सात-आठ बरस बड़ा होगा। फेल हो-होकर जब तक वह मेरी कक्षा में आया

था मुझसे ही नहीं, कक्षा के औसत छात्र से उम्र में दस-बरस बड़ा हो चुका था। उसके जीवन के तब दो ही लक्ष्य थे—देश की सेवा करना और एक सुगठित शरीर का निर्माण। दोनों को वह, अपने ही शब्दों में 'पिलकर' कर रहा था। इसी काल में उसके नाम का उत्तरार्ध जनमा था तब, जब कि गीर्वाणदज्जी हिस्ट्री मास्टर ने हमें मिस मेयो द्वारा की गयी भारत-निंदा के बारे में बताया। तुरंत उत्तेजित होने वाला हमारा हिर्दा देखते-देखते डेस्क पर बाहें समेटे हनुमान बन खड़ा हो गया, "इस साली मिस मेयो की … "

नाना भद्दी गालियों से उस मिस मेयो नाम्नी मेम के साथ पशुजगत के साथ नितांत अश्राव्य, अवैध और अप्राकृतिक रिश्ते स्थापित कर हिर्दा ने एक गगनभेदी नारा लगाया, 'भारत माता की जय।' कहना न होगा, कि देशभक्ति के इस ज्वालामुखी विस्फोट के बाद दर्जा आठ 'अ' की कक्षा एक आनंदमय वानर-सभा में परिणित हो गयी, जिसे कंट्रोल कर पाने में नितांत असमर्थ हो गीर्वाणदज्जी हम तमाम वानरों को मुर्गा बनने का श्राप देकर पेशाब करने चले गये।

यही वह ऐतिहासिक घटना थी जिसके बाद मिस मेयो बन बैठी, हिर्दा की पक्की चिढ़, और एतदर्थ कालांतर में उनके नाम का उत्तरार्द्ध भी। यूँ कभी उनका नाम हीरालाल शाह भी हुआ करता था, यह बात तदुपरांत मैट्रिक के सर्टिफिकेट में ही सिमट बैठी।

हिर्दा को, चढ़ाई चढ़ते वक्त इस पुरानी घटना की याद कराते हुए भी मुझे हँसी आ जा रही थी। हिर्दा भी हँस पड़ा। झोला रखकर हम दोनों पत्थर के ढोंकों के सहारे खड़े हो गये। बदन का पसीना हवा में धीमे-धीमे सूखने लगा। कैसे-कैसे मास्टर थे उन दिनों, कैसी थी उनकी शिक्षा-प्रणाली और हमारे माँ-बाप ही नहीं दादा-दादी और नाना-नानी से भी पूरी तरह समर्थित होती थी तब उनकी वह हृदयहीन ताड़ना। रात को नील पर गरम गोले का तेल लगाती आमा (दादी-नानी) भले ही मुँह इन बज्जर हिरदय मास्टरों को कोसतीं, पर जोड़ती भी जाती थीं कि लालौ, गुरु की कमची खाए बिगैर जब कालिदास भी पंडित नहीं बने तो तू कैसे बनेगा कर के—

"याद है हिर्दा तूने खुल्बे मास्टर को इंस्पेक्शन वाले दिन कैसा दिक्क किया था?" मैंने पूछा। हिर्दा ठहाका मारकर हँस पड़ा। तब का सयल पाला गया उसका शरीर दुबला-घिस्सू हो आया था, पर इसके बाद भी वह अपनी परिचित बकरी जैसी फुर्ती से ढलवान चढ़ रहा था। चढ़ाई चढ़ते मेरी शहरी साँस अलबत्ता फिर

फूलने लगी, सो हम फिर रुके और पत्थर के एक ढोंके पर पुनः बैठ गये। मैंने सिगरेट की डिब्बी निकाली दोनों ने एक-एक सुलगा ली। हिर्दा ने गहरा कश लिया और फिर नथुनों से धुआँ छोड़कर सर मटकाया, "खूब ही जमी थी रंगत, क्यों पार्टनर?"

हिंदी के खुल्बे मास्टर अपनी गाली-गलौज और मारपीट की आदतों के लिए मशहूर थे। कमजोर और गरीब छात्रों को सरेआम जलील करके उन्हें एक हिंस्र किस्म की खुशी मिलती थी, जबकि अच्छे घर के छात्रों की चाटुकारिता भरी तारीफ करते-करते उनके मुँह के कोनों से फि्चकुर छूटने लगता। "पागल कुत्ता रहा होगा जरूर ये पहले जनम में"—हिर्दा ने पर्ची पर लिखकर पास किया, और हम सबकी हँसी छूट पड़ी थी। खुल्बे मास्टर की कमची हिर्दा की पीठ पर टूटनी ही थी, तदुपरांत हिर्दा ने भीष्म प्रतिज्ञा की थी कि स्कूल इंस्पेक्टर के सामने खुल्बे को माँ-बहन की देगा। सच्ची-सच्ची अगली बार जब इंस्पेक्टर आफ स्कूल का दौरा हो रहा था, और स्कूल सफाई-सुंदरीकरण और रगड़ाई से चमाचम चमक उठा था, हिर्दा ने एक डेस्क उड़ाकर रख दिया था ठीक सामने और जोर-जोर से उसे खोलने की असफल चेष्टा करता कहता जाता, "खुल बे साले! खुल बे हरामी के! खुल बे तेरी माँ—" अपने चमत्कृत कक्षाबंधुओं की सराहना इस प्रतिज्ञापूर्ति के एवज में उसे पड़ी नई मार का बखूबी प्रतिकार करती गयी थी।

"खुंल्बे मास्टर बिचारा मरा भी लुंजपुंज होके हो। आखिरी वक्त टट्टी-पिशाब बिस्तर पर कर देता था। एक तो लड़कियाँ ही लड़कियाँ ठहरीं, वो भी बाहर ब्याही, घरवाली पहले ही खतम हो गयी थी। मैं और खजांची मुहल्ले के मुकुंद राठ ही कंधा दे के मसान ले गये उसे, आखिर गुरु तो ठहरा ही। हुआ कि नहीं?"

"हाँऽऽ", मैंने कहा और हम दोनों के बीच एक चुप्पी-सी उतर आयी।

दिल्ली के वातानुकूलित सेमिनार हालों में नयी शिक्षा प्रणाली और बालमनोविज्ञान पर ऊँची बहसें कर, पाँच सितारा होटलों में पर्यावरण, दुर्भिक्ष और असुरक्षित मातृत्व पर अंतर्राष्ट्रीय सेमिनारों के लंच डिनर खाकर मेरी काया स्थूल और मन दुर्बल हो गया था। इस वक्त भी मृत अध्यापक की अंतिम व्यथा का प्रकरण सुन मेरी आँखों के पीछे भावुक आँसू चुनचुनाने लगे, पर हिर्दा कां दुबला लंबूतरा चेहरा उस चट्टान-सा भावहीन था जिसकी स्निग्ध वनस्पति और सोंधी मिट्टी सब वक्त के थपेड़ों से न जाने कब बहकर किसी खारे समुद्र में विलीन

हो गयी थी।

अचानक वह हँस पड़ा, "एक बात बतायेगा यार पितुआ मुझे? मैं तो साला ठहरा सदा का खर-दिमाग, समझ नहीं पाता ये सब, कि अंत समय हमें जब खुल्बे मास्टर की ही तरह अपने गू-मूत के बीच गों-गों करके खलास होना है। तो जवानी भर इस साली दुनिया को अपने डंडे से हाँकने का ऐसा जब्बर जोर साला हम क्यों लगाते हैं? तू तो यार इतना बड़ा नामवर एडीटर है, दूरदर्शन राजनीति की समाज की व्याख्या बगैर भी करता है, क्या तू बता सकता है कि जिस सरकार को गांधी, नेहरू, पटेल नहीं सुधार सके ये साले आज के छोकरे हॉकी इस्टिक उठा के राह पर ले आयेंगे क्या? न पढ़ना, न लिखना, न काम! कामरेडगिरी ठहरी दिनरात की।

उत्तर की प्रतीक्षा किये बिना हिर्दा ने झोला उठा लिया, और हम दोनों फिर ढलवान चढ़ने लगे। यह तो पहाड़ ठहरा। लैन की लैन। चैन से कदम लमालम नापना कभी नहीं होता यहाँ। चढ़ो चाहे उतरो चढ़ाई ही चढ़ाई ठहरी अपने करम में।

"क्यों? क्या कर दिया तेरे लड़कों ने?" थोड़ी देर तक कड़कड़ाट सुनते-सुनते मैंने पूछा।

"करेंगे क्या? बड़ा तो दुकान-हुकान सँभालता है, शांत प्रकृति का हुआ, पर मँझला एक हाथ भर तो ऊँचे निकल गया है मुझसे, और कुछ पूछता हूँ तो हॉकी इस्टिक उठा लेता है। छोटा तो अभी इस्कूली हुआ। नौकरी-चाकरी ठहरी नहीं, दुकानदारी जीरो। सो इस शहर के लड़के जो हैं न, कॉमरेड बन गये हैं कॉमरेड, समझा तू? किसान-मजदूर जनता की बराबरी की बात करते हैं वो। पर हाँ खुद अपने घर के भीतर घरवालों को अपने नौकर-नौकरानी जैसा मान के हुकुम चलाने वाले ठहरे। सुराही औड़ाके एक गिलास पानी पीना तो दूर गीला अँगोछा धूप में डालने में तक नाक लगती है उन्हें। बाप के नाम से चमकने वाले हुए। फिर महतारी आग में घी डालने को ठहरी ही। तेरे भी करते हैं क्या ऐसा? या बाप बड़ा आदमी होने से बीवी बच्चों की भी घिग्घी बँधी रहती है?"

हिर्दा मेरे आगे था, अतः मैं देख नहीं पाया कि बात सच्चे कुतूहल से पूछी गयी थी या व्यंग्य से? वैसे भी सदा का शाखामृग हिर्दा कब एक भाव की डगाल से दूसरी पर जा कूदेगा कहना मुश्किल था।

हमारे सामने कार्तिक की धूप में हिमालय चमक रहा था, बीच-बीच में कहीं मछुए के जाल जैसे कुहरे के छोटे-छोटे टुकड़ों से ढका हुआ। पतझड़ में सामने हिमालय हो, सर पर चटक धूप, और किनारों से गर्मी को नम करने वाला कुहासा, तो और जीवन कैसा निस्सार लग उठता है अचानक। क्या जवाब दे सकता हूँ मैं किसी को? गीता के वचन, भीष्म पितामह की दिलासा, माता गांधारी का क्षमादान, जीवन के पतझड़ में सभी तो निस्सार हो गये थे पांडवों के लिए भी। कानों में बजता जाने वाला विधवाओं का कुररी-सा निरंतर विलाप यहाँ हिमालय में निरंतर उनका भी पीछा करता होगा। क्या होगा हमारा? हमारा क्या होगा? पीछे छोड़ आने भर से क्या पीछे का सब छूट जायेगा?

पतझड़ में बहुत कुछ भूला हुआ भुलाया हुआ याद आता है। अधबिसरी चोटें, अधबिसरी उमंगें! याद के संग-संग इच्छाएँ सर उठाती हैं, नये सिरे से फिर से कुछ करने की, काफी कुछ। भूल सुधारने की। यहीं से दुख की ढलान शुरू हो जाती है। पैर मुड़ा तो मैं गिरते-गिरते बचा। हिर्दा लमालम चल रहा था।

हाईस्कूल के बाद इंटर करने जब मैं बाहर चला गया था, तो शहर या घर के ही किसी जने से सुना था, कि कैसे पढ़ाई छुड़ाकर हिर्दा की शादी कर दी गयी थी और शादी के बरस भर बाद ही उसकी पत्नी ने दन्न से बेटा भी जन डाला था। जना भी कब? ठिक्क जब हिर्दा इंटर फाइनल में था, और परीक्षाएँ चल रही थीं। सुना वह बेटे की नामकंद की पूजा में विलंब हो जाने से टैम पर परीक्षा भवन नहीं पहुँचा और फेल हो गया था, जिसके बाद उसने न पढ़ने की घोषणा कर दी थी। क्या उसी नवजात का सहोदर आज का दुर्वासा भीम होगा? मैं सोचने लगा।

पॉगर-अखरोट और दाड़िम के पेड़ों से घिरा उसका टीन की छत वाला घर मुझे बखूबी याद था। घर के पास एक छोटा-सा नौला हुआ करता था, जहाँ जंगली घास और खट्टमिट्ठी पत्तों वाले पौधों की बहुतायत थी। बरसात में उसके पत्तों पर काले अर्द्धविराम-सी जोंकें सर उठाये सूँघती रहतीं, उन पर नमक बुरककर उनको पिघलाने का गुर हिर्दा ने ही मुझे सिखाया था।

कैसे-कैसे गुरों की खान हुआ करता था अपना हिर्दा। मुझसे उम्र में पाँच साल बड़ा होने के बावजूद वह उसी क्लास में था जिसमें कि मैं भर्ती किया गया था। उसके पिता की तंबाकू की थोक आढ़त थी। शहर के किसी संपन्न शाह

कुल के वे बुझते चिराग थे। अकसर धूल भरे कमरे में तंबाकू की पिंडियों के बीच सीना पकड़े खाँसते दीखते। उसकी आँखें पीली, निस्तेज और गाल चिपके-चिपके से थे। उसाँस छोड़कर हँफनी दबाते वे हिर्दा से कहते, "आलू खोदेगा तू साले! तेरे नसीब में पढ़ना कहाँ?" हिर्दा चिकने घड़े थे ··· पिता की कड़वी गालियों, माँ की मार्मिक उसाँसें उन पर रंचमात्र असर न डालतीं, न ही मास्टरों की ताड़ना।

मुझे अपने बच्चे याद आये। इस बरस गर्मी की छुट्टियों में वे ट्रैकिंग पर चले गये थे, पत्नी की छुट्टियाँ नहीं थीं। उसे एक पुस्तक मेले में अपने नारीवादी प्रकाशनों की बिक्री को हठात् योरोप ले जाना पड़ा। इधर कागज के बढ़ते दामों और वीडियो के लती सिरफिरे नवधनाढ्य पाठकों के नखरों ने हम लेखकी करने वालों का जीना ऐसा मुहाल कर रखा था कि मेरा रक्तचाप और अंजाइना बल्लियों उछलने लगा था। सो एक सप्ताह की छुट्टी लेकर मैं बरसों बाद इस तरह अकेला डोलने आ निकला था यहाँ। सप्ताह भर के लिए मैं फिरंट संतान, चिड़चिड़ी श्रमक्लांत पत्नी, धौंस जमाने वाले बदजुबान युवा लेखकों-पाठकों और पीठ पीछे निरंतर मेरी पदवी हड़पने का षड्यंत्र करने वाले सहकर्मियों सबको मन की सलेट से—पोंछ डालना चाहता था। पतझड़ की मूर्खता ही कह लो इसे चाहे।

"दरअसल नसीब में ना, जो लिखा है सो ही होके रहता है।" हिर्दा ने झोला एक से दूसरे हाथ में बदल दिया, और दुखती उँगलियों को भींचने लगा, ज्यों हवा से कुछ झपटता हो। उसने कुछ और भी कहा, पर वह एक भर्राहट में बिला गया। हमारे सर के ऊपर से आकाश की किसी अनदीखे परत में से कोई हवाई जहाज गुजर रहा था। उसकी गूँज नीली हवा की नीरवता में धुएँ की लकीर-सी हमारे सरों पर देर तक तिरती रही।

"बड़ा वाला भी फ्रस्ट्रेटेड ही रहता है, बोलने वाला चाहे कम हुआ, दुकानदारी में मन नहीं लगता, पर क्या करें? कुछ नहीं हो सकता यह। इस बज्जर जमीन में"—हिर्दा की लंबी तहरीर का आखिरी वाक्य ही मेरे कानों में पड़ा।

इसी भाग्यवादिता ने तो इस शहर को मार डाला है, इसी से पुरुषार्थ, उद्यम, पर्यटन, होटल, कुछ नहीं पनप सका है। यहाँ इतने बरसों में। उधर पंजाबियों को देखो। तेल पड़े बैंगन-सा मैं बेतरह चिड़चिड़ा गया। मुझे लगा कि हो न हो इसी निराशावादी ठंडेपन से टकरा-टकराकर उसका बड़ा बेटा वीतराग और मँझला भीम भयंकर बन बैठा होगा।

"चलो भी" मेरे सुर का संपादकीय दंभ मुझे झटके से चैतन्य बना गया। मैं पल भर को शर्मिंदा सा हुआ, "जल्दी कदम उठाओ वरना बोज्यू को खाना पकाने को टाइम नहीं मिलेगा"—मैंने तनिक नर्माई से जोड़ा। "तू थक जायेगा, जल्दी मचाई तो, यहाँ तो रोज ही आदत ठैरी। हिर्दा ने झोला मुझसे ले लिया, और हम पुनः रवाना हो गये। कहीं इकहरी आवाज में फाख्ता बोली, फिर सन्नाटा।

"देर हेर जो हो, खुश हो जायेगी आज बुढ़िया सालों से तिनड़ी (हाथ से तोड़ी हरी भाजी) या कद्दू-अरबी यही तो राँध रही है।" हिर्दा पुनः बोलने लगा था। "उसके सुरेन-नरेन देख नहीं सकते वो सब। पर अब नीचे रीगल होटल का जैसा डबल आमलेट उनकी महतारी रोज बनाये भी तो कैसे? हुआ कि नहीं? मैं कहना चाहता हूँ, सालों से कि डियर जिह्वा पर संयम करो—विद्यार्थी जीवन में तामसिक आहार अच्छा जो क्यों होने को हुआ? पर कहे कौन—अपनी इज्जत अपने हाथ, हुआ कि नहीं?" फिर कुछ देर हम दोनों अपनी-अपनी गृहस्थी से जुड़े सुख-दुख समेटे साथ-साथ चुपचाप चढ़ते रहे।

हिर्दा का घर दीखने लगा था, बिल्कुल वैसा ही जैसा कि पहले था। वही बगल की नालियों में उगे कचकैंधी बास वाले बिच्छू बूटी और खट्टी घासों के पौधे, और गेट के पास का कुबड़ा कुशम्यारू (छोटी जाति की खूबानी) का पेड़। एक लड़के ने गाड़े (सीढ़ीनुमा खेत) से जुड़े तार से टिककर झाँका, फिर भीतर चल दिया। "ये है मेरा छोटा नरेन। पहुँचा दी होगी खबर भीतर उसने खबरिया है छोकरा जनम का, अब आयेगी महतारी बाहर!" हमारे गेट तक पहुँचते-पहुँचते हिर्दा बोज्यू बाहर निकल आयी। क्वार की पकी करड़िया कंकड़ी की तरह कभी कनकछड़ी रही उनकी देह बादी भरकर पृथुल हो आयी थी, पर आँखें कोटरग्रस्त, चमड़ी दरकी सी और चेहरे पर लंबी उदासी झेलने का फटापन फैला था। मेरे नमस्कार के प्रत्युत्तर में सिर्फ "आइए" कहकर पति के हाथ से लगभग झोला छीनकर वे भीतर चल दीं, "ग्यारै बजा दिए", उनके स्वर में भरी कड़वाहट भीतर जाते-जाते सुन हिर्दा ने मुझे देखकर खिसियाने भाव से भवें नचायीं, "कहा नहीं था मैंने?"

खाना खिलाते-खिलाते बोज्यू का आलाप तानपूरे की ड्रोन की तरह नेपथ्य में जारी था, "तुम देवर जैसे हुए अपने हुए तब तुमसे कह रही हूँ लला, जो स्वारथ परमारथ इस घर के बँटवारे का मैंने भोगा है, ईश्वर किसी को न दिखाये। गरीबी में लड़के

पालना हथेली का मांस खाना ठहरा। थोड़ा रसवाली सब्जी और दूँ?"

स्त्रियाँ कितनी सहजता से दुख की गहनतम दार्शनिक गहराइयों से अपनी ठेठ भौतिक दैनंदिनी पर कूद आती हैं, मुझे सदा विचित्र लगता रहा है। खाना सचमुच स्वादिष्ट बना था। मेरी पसंद पूछ कटोरी में सब्जी डालते-डालते बोज्यू पुनः अपने दुखों की खोह में मँडराने चल दीं।" आढ़त बिक गयी। वैसे भी दुकान में कितना माल आया, क्या गया यहाँ किसी को कोई पर्वा नहीं ठहरी। ये तो ऐसे ही ठहरे मलंग फकीर—लड़के सींक को तोड़ के दो नहीं करने वाले हुए। बड़ा दुकानदारी से खार खाने वाला हुआ, मँझले को कॉमरेडगीरी से फुर्सत नहीं अरे हो भी क्यों? बाप ने कभी ऊँची आवाज करके पूछा तो हो, कि कालेज एक बजे खतम हुआ तो पाँच बजे तक किस ठौर डोल रहे थे करके? अपने आप बिगड़ने वाले हुए लड़के। अँगरेजी इस्कूल में ठहरा डिशिप्लिन पर वहाँ भेजने में लगने वाली हुई नाक, कि भारतीय भाषा में पढ़ायेंगे गौरमेंट इस्कूल! एक वही थीं जो झींकती रहीं—जेठ के लड़के कौनवेंट में पढ़-पढ़ के इंजीनियरी में पहुँच गये कि नहीं? दस तोले की रामनौमी बेचने को तैयार थीं वो, पर क्या? किसी को परवाह जैसी जो क्या हुई महतारी की राय की! थोड़ा भात और? छोटा अभी छोटा ही ठहरा ...

भरपेट खाके कमर-सीधी करने लेटा तो आँख ही लग गयी। उठने पर पाया कि हवा में दिन ढलने की हल्की ठंड आ चली थी। स्टोव की भर्र-भर्र और बर्तनों की खनक से लगा चाय बन रही होगी। गीले स्नानघर में पतलून के पाँयचे बचाते मुँह धो रुमाल से पोंछता बाहर निकला। बैठक कमरे में कई फुर्सती प्रौढ़ जुट आये थे। कुछ आदतन, कुछ उत्सुकता-वश। छोटा-सा कमरा एकदम भर गया था।

चाय आयी। भाप उड़ाते गिलासों में हाथों-हाथ सुड़की जाने लगी। गप्पों का बाजार गरमाया। ऊँचाई का घर। शाम की हवा बह रही थी। अस्ताचलगामी सूरज बिछड़ी जाती माँ की ममता जैसी जो भी बची-खुची गर्मी थी, जाते-जाते घाटी में उड़ेले जा रहा था।

"इसके लौंडे को इस दफे ले जाएँ संग में एडिटर ज्यू, बाप का तो छोकरे ने क्या नाम नाक में दम कर रखा है। मँझला तो इसका इधर-उधर सींग मारने के काम का ही रह गया है। बस्स!" हिर्दा पाजामे के पौंचे उठाकर चुपचाप चाय

सुड़क रहा है। नेकनीयत पड़ोसियों की कृपा से उसके भीतर-बाहर के रहे-सहे घाव भी मेरे सामने उघड़ आये हैं। उसकी सुनकर कुछ साल पहले तक पचास रुपै माहवार पिलशन पाने वाले एक अन्य वृद्ध को भी अपनी व्यथाकथा याद हो आयी है। अब नैनीताल-लखनऊ जाके बार-बार झिकझिक करने में दिक्कत होती जा रही है उन्हें। आधा पैसा आने-जाने में खर्च हो जाता है। भ्राता ज्यू अध्यक्ष पहले इंदिरा गांधी के राज को खूब गाली देते-दिलवाते थे, कि उसके राज में स्वतंत्रता सेनानियों की बुड्ढों की कैसी दुर्गत हो गयी है करके। पर सबको देख लिया हो—पहले वी. पी. सिंह को चिट्ठी डाली फिर चंद्रशेखर को भी कहलाया। कुछ कहीं सुनवाई नहीं होती। जिलाधिकारी के पास अर्जियों का अंबार लगा दिया, तब भी कोई कहीं ध्यान नहीं देता। भ्राता ज्यू अध्यक्ष अब कहते हैं इस बार हमारी पार्टी को वोट देके आने दो पावर में कहके—

"क्या दे देंगे पावर में आके वो भ्राताज्यू तुम्हें, हैं—" दुम उठाके देखो साले सब नर के मादा निकलते हैं—" जाने कब आकर बैठक दरवाजे पर घर का हिर्दा का मँझला खड़ा हो गया है। "यार-ये बात"—एकाध वृद्ध भीष्म अपनी पतली आवाज में प्रतिवाद करता है, पर वह बोले जा रहा है, कि कैसे उसने, उन सबने अपने हजार-हजार कष्ट सबके आगे जा-जाके दिखाये हैं, नतीजा क्या निकला? खूब मालूम है! वही चूतड़ों पे डंडे। पूछ लो इन सबसे, अगर गलत कहता हूँ तो ! पिछले महीने राशन की दुकानों का राशन नहीं आने पर शांति जुलूस लेके गये तो इनके उस रांडी के खसम जिलाधिकारी ने छात्रों से क्या सुलूक किया? हैं?"

बोलता-बोलता वह मेरे पास आकर खड़ा हो गया है। मैं कह रहा हूँ उससे कि बैठो तो सही यार, जरा आराम से, तफसील से हम भी तो सुनें कि युवा पीढ़ी—पर नहीं ! वह बैठ नहीं रहा है। ऐसे खड़ा है जैसे उसके बदन में बैठने के लिए जरूरी जोड़ ही नहीं हो। कुछ देर बाद मेरी आवाज भी खिसियायी होकर बिला जाती है। किस पर पड़ा होगा ये छोकरा? उसके पीले-विषण्ण चेहरे को देखता हुआ मैं सोचता हूँ । बोज्यू तो अपने समय में खूब ही रूपसी थीं, हिर्दा भी अच्छे दगदगान स्वास्थ्य वाला रहा आया, पर यह बेटा दोनों में से किसी पर नहीं पड़ा था। दुबला, लबूतरा चेहरा, घनी बीच में जुड़ी भँवें, जो मोटी नाक पर झुक आयी थीं। गोल, अड़ियल ठोडी, पीले दाँत जैसे कभी मंजन न किया हो। सख्त बाल कसकर पीछे को सँवारे गये थे और चेहरे पर एक झंखाड़-सी

दाढ़ी फैली थी। कमरे को टटोलते एक हिंस्र-सी लपलपाहट भीतर को धँसी हुई उसकी आँखों में कौंधती थी, कभी विद्रूप-व्यंग्यभरी, कभी क्रोध से आक्रामक होती हुई। उसके क्रोध में बालसुलभ चंचलता नहीं एक पथरायी प्रौढ़ घृणा थी। सबकुछ तोड़ने पर आमादा। वह मुझसे सटकर खड़ा हुआ तो पसीने की अननहाई गंध का एक भभका आया। यह छोकरा इस शांत साफ-सुथरे घर में कैसे आ जनमा? मैंने अचरज से सोचा। न तो उसके खड़े होने के तरीके में माँ का शिष्टाचार था, न हिर्दा के कैशोर्य की मस्ती। आखिर यह दुर्दांत मँझला चाहता क्या है? क्या दुनिया इसके लिए धुरी पर घूमना छोड़ दे? क्या नई क्रांति का आवाहन और नेतृत्व इसी जैसे छोकरे करेंगे? हमने जो किया अब तक उसकी कोई वकत है इसके आगे– तभी उसकी हिमशीतल नजर मेरी नजरों से मिली और मैं तिलमिलाया सन्न-सा रह गया। वे दोहरी-भरी आँखें जैसे दो भयावह बावड़िया थीं। चित्त को वे कई पीढ़ियों पुरानी काई भरी गहराइयों में जबरन खींच रही थीं, जहाँ अँधेरी, चिकनी सतहें देखकर माथा चकरा जाये। सूत्र अब उलझ गये अचानक बातचीत के। "आज सारा बुद्धिजीवी वर्ग हाजिर देख रहा हूँ शहर का। क्यों नहीं? रचना छपानी हुई सभी को एडिटर ज्यू से।" बड़े कड़वेपन से वह मुस्कुराया। उसकी मुस्कान की तीखी गहराइयों में कहीं एक पगलाई चालाक रोशनी भी थी। वह खूब जानता था कि तमाम दुनियादार दर्शन के बीच प्रौढ़ मनों में एक प्रकार की खीझी घृणा कभी-कभी कैसे सर उठाती है। अब वह हमें खिझा-खिझाकर न्योत रहा था कि हम कस बंद किये विक्षोभ के उस तेजाबी सोते का मुँह खोलें, जिसमें घुलकर शहर के बुद्धिजीवी लोगों की वह सारी प्रौढ़ भव्यता राख हो उठे, जो उसे कनफटा-हेठा समझती थी। मैंने तै किया कि कम से कम मैं तो सम्मोहिनी क्रोध की इस सुरंग में अपना मन उसके पीछे उड़कर जाने न दूँगा। सयत्न एक ऐसी समझदार मुस्कुराहट मैंने चेहरे पर जड़ ली, जो कहती थी—तुम ठीक कहते हो बेटा, लेकिन हम भी तो अनुभवों की चट्टान पर खड़े हैं। कमरे के मेरे अन्य समवयसियों ने भी शायद ऐसा ही कुछ सोचा था इस बीच। "और एडीटर जी, और सुनाइए नीचे दिल्ली में क्या-क्या हो रहा है? इसकी छोड़िए। क्या नाम, बालक बंदर एक सुभाऊ होने वाले हुए। अब क्या फिर मध्यावधि चुनाव होंगे? उसके बाद भी स्थिर सरकार बनेगी, या नहीं? कुछ खबर है? यहाँ तो क्या, शेष दुनिया से कटा हुआ इलाका ठहरा अखबार भी

तीसरे दिन आने वाला हुआ। वो तो टी. व्ही. में कभी आपके दर्शन हो जाने वाले हुए तो अहोभग्य! ये, हिर्दा तो हर प्रोग्राम देखता है तुम्हारा।" स्थानीय स्कूल के हिंदी अध्यापक और संपादक के नाम निरंतर पत्र लिखने वाले फुर्सती प्रौढ़ ने मँझले के सम्मोहन को छेंककर प्रश्न की कमंद मेरी ओर छोड़ी। मैं उसे थामकर कुछ सहज होता हूँ। पर महारथी भीम है कि गदा जैसे हॉकी कंधे पर टिकाये हिल नहीं रहा है।

"बैठ जा बेटा! तू भी चार बातें सुन ले एडिटर ज्यू से ज्ञान की। सारे देश की खबर रखने वाले हुए ये पत्रकार लोग। सरस्वती इनकी लेखनी पर सवार ठहरी। हम ठहरे पहाड़ी भुस्स!" वे पुनः उसे पुचकारते हैं।

"तो लिख लें एडिटर जी, यहाँ तो जब भी चुनाव हुए ना, तो लिखित में ले लो, एक भी पुराना विधायक, एक भी पुराना सांसद नहीं जितायेगा ये शहर। बोट के नाम पर चिड़िया की बीट नहीं मिलेगी सालों को।"

वृद्ध सभा भीम को नरमाई से फिर बरजती है। एक बुजुर्ग फिर चालू हो जाते हैं, हमे तो इस बेर किस पाल्टी के पीछे सपोर्ट लगाना चाहिए करके राय दो! यह मंडल-कमंडल तो ले डूबेंगे हम सबको।" वे जोड़ते हैं : "अरहर की दाल पचीस की, सरसों का तेल साठ का, चीनी बीस की तक बिके हैं यहाँ। तुम्हीं कहो लोग अपना अगड़ा-पिछड़ा सँभालें कि मंडल, कमंडल वालों का या तोप के दलालों का?" उनकी इस करुण तुकबंदी पर ठहाका सा लगता है, पर भीम नहीं हँसता। उसके जबड़े हरकत करते हैं, ज्यों दाँत पीस रहा हो।

"बैठ भी जा यार।" फिर कोई कहता है। पर इस बार भी वह बैठता नहीं है। वह चट्टान सा खड़ा है। बीहड़ अनघड़ नंगी काली चट्टान सा। उसकी क्रोध से चिलकती आँखें जिधर मुड़ती हैं सबकुछ भस्मसात करती जाती हैं—स्नेह, सहानुभूति, संवेदना, तर्क, बिरादरी! मँझले को हम देखकर भी नहीं देखना चाहते, सुनकर भी नहीं समझना चाहते। "भाई एडिटर ज्यू, चुनाव होते ही और जो हो भ्राता ज्यू अध्यक्ष की यात्राएँ खूब लगने लग गयी हैं इधर अब।" असहज भय के गिर्द कोई फिर मजाक की कच्ची भीत खड़ी करता है। "दस बरस पहले तो जब जिताया था, दिल्ली जाके, तब फरके नहीं थे एक बार भी पूछने को, कि कैसे होकर के! अब फिर पानी जैसे पतले हो रहे हैं। हुए, वैसे जात के खूब ऊँचे-नेम-धरम के भी पक्के हुए। मातृभाषा के पुजारी जैसे ठहरे। संस्कृत कहो

हिंदी कहो। माँ के परम भक्त। माँ के मरे में अहाहा जैसा श्राद्ध किया ठहरा आज तक सबको याद है।"

"याद है खाक!" अड़ियल चट्टान-सा खड़ा मँझला ज्वालामुखी बन फटता है। "याद ये नहीं है कि जब चुनके भेजा था दिल्ली, तो कैसा खोटे सिक्के जैसा फेर देते थे अपनी कोठी के बाग में से तुम पहाड़ी भुस्सों को? ये रामदज्जी, हीरालालजी, हरगोविंदजी अपने-अपने नाती-पूतों की नौकरी लगवाने नहीं गये क्या? ये हरकिशन लाल शाह जी अपनी घरवाली के कैंसर की, सिकाई को उनके ही यहाँ नहीं पहुँचे थे?फिर लौटे नहीं मुँह की खाके? खुद कहते थे चाय की दुकान पर ये कि टा टा करके झंडेवाला जीप में उड़नछू हो जाते थे भ्राता ज्यू अध्यक्ष इनके देखते। आज वही पुनः धरम की ध्वजा हो रहे हैं। आपके और इनके लिए? तुमको उननें कहा मातृभाषा को पूजो। हमारे जैसे चूतियों की हिंदी माध्यम की शिक्षा देके क्लर्क बना दिया तुम सबने। खुद अपने लौंडों को कौनवेंट पढ़ा-पुढ़ के अमरीका रवाना कर आये हैं वो।" मँझले का कठोर चेहरा तमतमा उठा था। वह मुड़ा और भीतर धड़ से कहीं का दरवाजा भेड़कर कहीं बाहर चला गया।

कमरा कुछ देर स्थिर-अवसन्न बैठा रहा। पीछे के कमरे में खुसपुस हो रही थी। बोज्यू धीमे-धीमे रो रही थी, "क्या करूँ मेरा भाग्य ही खोटा है। मेरा कपाल ही अभागा है। मेरे लौंडे तीनोंतीन बिला नौकरी बिगड़ रहे हैं। विधायक आते हैं, एडीटर आते हैं, पर बाँह पकड़ने को कोई नहीं। बड़े से कहो कि भेंट कर आओ करके तो पिछवाड़े से टट्टी के रास्ते बाजार को चला जाता है। मेरी कोई नहीं सुनता, कोई नहीं।"

इसके बाद कुछ देर बातों के प्रयास होते रहे, पर बातचीत कुछ जमी नहीं। महँगाई, राजनीति, बजट हर प्रसंग पर एक निराकार शर्म, एक बदरंग-सी शंका वार वार शब्दों के पीछे झाँकने लगती थी। बाहर साँझ भी झुकने लगी थी। नीचे कहीं एक शंख बजा — पूऽऽ। एक-एक कर लोग उठने लगे। जैसे कोई गुप्त संकेत तिर आया हो।

सारे लोगों के जाने के बाद बैठक यकायक खाली लगने लगी थीं। बोज्यू ने भी उठकर नाक-आँख पोंछकर अपनी दैनंदिनी की मुहिम सँभाल ली होगी, बर्तनों की खटर-पटर और स्टोव की भर्र-भर्र से लगा। बाहर किसी पेड़ पर नामहीन चिड़ियों का समूह कलरव किये जा रहा था। मुझे लगा चहचहाहट में वह उत्साह

और ताजगी नहीं थी जो सुबह-सुबह होती है। एक अजीब-सी क्रूर-कर्कश औघड़ तेजी भरी थी उन सुरों में। या शायद मुझे ही ऐसा लग रहा हो। खिड़की के पास बैठे हिर्दा ने लंबा कश लेकर सिगरेट का टोंटा बाहर फेंक दिया, "क्या कहता है यार, एक-एक चाय और हो जाए?" उसका स्वर भी कुछ उत्साहहीन खिसियाया-सा हो गया था।

"नहीं यार, अब और नहीं, मैंने टाल दिया। मन नमक की डली की तरह इस उदास-अस्पष्ट कलरव में घुलने लगे थे। कमरे में फिर चुप्पी छा गयी। खिड़की से हटकर कनखियों से मैंने हिर्दा की ओर ताका। खिड़की से बाहर ताकता उनका दुबला चेहरा एकदम भावशून्य था ज्यों स्लेट को गीले कपड़े की चिंदी से पोंछ डाला गया हो।

तनाव दूर करने की गरज से ही मैंने पूछा, "क्या बजा होगा?"

"अँ ···?" हिर्दा चौंककर घड़ी देखने लगा।

"सात बजने को ही है। अब तू खाके ही जाना। तेरी बोज्यू , पकाने लगी है। या ऐसा कर कि रात यहीं ···"

मैंने सर झटकाकर बात काटते हुए कहा कि दिन का खाना अभी पेट में ही रखा है। दाब के खाया था न ? रात होटल में एक प्याला चाय पियूँगा बस। फिर मैं उठकर जूते तलाशने लगा। हिर्दा चुप एकटक देखता रहा, उसने मुँह खोला, शायद वह कुछ कहना चाहता था, पर शब्द नहीं मिले, सो चुप साध गया। मेरे जूते के तस्मे इस बीच बँध ही गये थे, मैंने बाहर को पाँव बढ़ा दिये।

[अक्टूबर, 1991: हंस]

मुन्नूचा' की अजीब कहानी

सर्द हवा सुरसराहट हाड़ों के भीतर तक पैदा करती थी। कोई जोरों से छींका। हवा भरने से कमरे की दरी कहीं-कहीं विराट गूमड़ों की शक्ल में फूल आयी थी।

घर का वातावरण प्रतीक्षातुर था। सर्द पड़ती रात, निरंतर भनभनाते-काटते मच्छरों के आतंक और अगले दिन सुबह का स्कूल—सबका भीषण दबाव झेल कर भी आज हम सब-के-सब जगे हुए थे। विलायत से पत्नी की अस्थियों के विसर्जन के लिए आये महान पत्नी-भक्त मुन्नूचा' को देखने...

कोई फिर छींका।

"शतं जीवेत् शतायुर्भव ! हरू चा" ने आशीष दी। उनके पास हर पर्व, हर उत्सव, हर छींक और हम जमुहाई के लिए एक विशेष उक्ति रहती थी। उनका दावा था कि खुद अपना बवासीर भी उन्होंने 'ईशो ईशं ईशां। कंकड़ को न करो ललिशाम्! आठों अच्छर जो नित जोय। मूल बवासीर होय न होय' इस मंतर के पाठ से ठीक कर लिया था।

किस दिन किस व्रत का कैसे उद्यापन किया जाये; कहाँ क्या पदार्थ दान में रखा जाये; कब पूजा के बखत क्या जिन्स उपलब्ध न होने से उसका क्या विकल्प रखा जाये इन सब गुह्यातिगुह्य ब्योरों को जानने के लिए पूरा गाँव उनके पीछे भागता रहता था।

"अमरीकी विमान है !" ऊपर से उड़ती आ रही हवाई जहाज की आवाज सुन कर हरूचा' ने इस वक्त कहा। उनकी शब्दवेधी कर्णेन्द्रिय ही उस असीम अछोर नभ के बीच डेल्टा एयरवेज के इंजन की घरघराहट को इंडियन एयरलाइंस के इंजन से अलग पकड़ सकती थी। यह उनके गहन ज्ञान वारिधि का अंश मात्र था।

"ये स्कूलिए जबरन बैठे हैं मुन्नू लला को देखने। पर कल सुभे आँखें नहीं

खुलेंगी इनकी फिर ! जरा कहो इनसे लला कि सो जायें करके। बसों, टैक्सियों का क्या ठिकाना ? सुभे-सुभे भी गढ़मुक्तेश्वर में विसर्जन किया होगा। तो भी वहाँ से यहाँ तक लंबा रास्ता है। लला को। यहाँ पहुँचने में अबेर भी हो सकती है न !" किसी चिंतातुर माँ ने हरूचा' से अपील की।

हरूचा' ने हम लोगों की ओर मुँह कर जर्दे से भरा अपना निचला जबड़ा ऊँट की तरह हिलाते हुए जो कहा, उसका आशय था कि डीजलवाली सरकारी टैक्सियों, बसों और क्या नाम इस साले पहाड़ी इलाके की खिसकती मिट्टी के चलते मुन्नू चा' तो क्या, साक्षात् पवनसुत मारुतिनंदन हनुमान भी यथासमय हमारे कस्बे में पहुँचने में असमर्थ ही रहेंगे। अतः चूँकि अंग्रेजी के एक बहुत बड़े कवि ने भी कहा था कि भोर की चिड़िया ही सर्वश्रेष्ठ कीड़े का चबैना पाती है, इसलिए बाल-छात्रों को अपनी माताओं का कहना मान कर रात्रि के दूसरे प्रहर से पहले सो जाना हुआ। "मुन्नू चा' कोई मलाई की बरफ है नहीं। आ गया। तो फिर सुबह तक गल कर वो गायब नहीं हो जायेगा, समझे ? उठो अब। राइट अबोट टर्न।"

हमारी बालसेना नितांत अनिच्छा से अलसाते अंगों को तोड़ती-मरोड़ती ऊँ आँ करती भीतर जाने लगी तो माताएँ और दादियाँ निष्फिकर हुईं। खुद वयस्कों का दल अलबत्ता कंबल ओढ़े। कांसे की एक थाली पर दूसरी ढापे हुए। मुन्नू चा' के अद्‌भुत उत्थान-पतन की कहानियाँ दुहराता उनका इंतजार करता रहा।

मुन्नूचा' से हम लोगों का यूँ सीधा रिश्ता तो न था। पर वे हमारे सपिंड-सगोत्री थे। विदेश जाने के बाद उनकी जेठी बहन मुन्नी भी। जो कहीं देस में ब्याही थी, जाती रही। माँ-बाप गुजरे तो अर्सा हो गया था। उनका पुश्तैनी घर भी खाली ही जैसा हो गया। घर से सटे तीन नाली खेत तो तेलिया हरीराम बाजी ने अपनी जोत बता के पहले ही दाब लिए थे। अब घर पर लोगों की आँखें आते-जाते टिकती रहतीं। फिर एक दिन उधड़े ऊन के आसन जैसे माथेवाली एक कर्कशा भेंगी सरूली नाम्ना महिला ने काली कुमूँ से आकर अपने चारेक गुंडा छाप बेटों के साथ, 'हम मुन्नू-हौरों के सगे बिरादर हुए' करके जो डेरा डाला तो डाल ही दिया। हरूचा' की खबर थी कि उसके लड़के अवैध सुरा का धंधा करते थे। इसलिए देसी कट्टा भी घर में रखते थे। महीने में एकाध बार वे तराई चले भी जाते। पर सरू डटी रहती। वह अपने बेटों से कम खूंख्वार नहीं थी—कर्कशा तो थी ही। उनसे बैर लेना भिड़ का छत्ता छेड़ना होगा। यह बात चतुर गाँववालों

को बताने की जरूरत नहीं थी।

माताओं-बहनों का तो यह भी कहना था कि सरूली जुबान की ही काली नहीं। टोनही भी थी। जादू-टोने की चीज बस्त-धराट के कंकड़ सेंटुला चिड़िया के पंख, काने बैल का गोबर, ये सब पदारथ अलग-अलग लोगों के अनुसार उसके घर में विद्यमान थे। उसे गलगल नीबू मंतर के, उस पर खोड़िया (स्वस्तिक) बना के चौरस्ते पर रखते देखा। ऐसा भी कुछेक जनियाँ विद्या माई की कसम खा-खा कर कहती थीं। यह बात कि उसके घर की बर्फी खा कर जानकीबल्लभ जी के पोते को सरसाम हो गया। तो जगजाहिर थी ही।

इसीलिए गाँव भर की दादियों-नानियों ने हँसिये से पैर काट कर छप्पर में खोंस देने की धमकी दे कर पैर में शनीचरी चक्रवाली घुमंतू बालटोली को उधर जाने से पक्का बरज दिया था।

उस घर में तो टिकने से रहे मुन्नू चा'।

सो, नात-गोत भला किस दिन के लिए होते हैं। कह कर व्यवस्था हमारे ही यहाँ कर दी गयी उनके रहने के लिए।

चतुर सरूली ने पक्की तरह अपना अकाउंट किलियर रखने को हाथ नचा-नचा कर घर की लुगाइयों को कुछ कुकड़ैन सी तिस पर भी सुना ही दी कि हाँ, हाँ, अमरीकी लिपस्टिक और लैलून की साड़ियाँ बाँटने-ओढ़ने को नहीं जो, क्या लायेगा मुन्नू अपनी भौजाइयों की खातिर ? पर उसकी बातों पर ज्यादे रुकना व्यर्थ हुआ। 'सिसूण बूटी की चुभनी पत्ती हुई सरूली। इधर से भी चुभैगी। उधर से भी।' हरूचा' उवाच। तो घर के लोगों ने कहा, कि ये हुई न खरंतर बात। अहा, मुन्नू बिचारा जवान-जहान पत्नी के मरने से दुखी वैसे भी होगा इस बखत। फिर सर पर ओले जैसी कठोर इस डाकिनी की बोली-ठोली सुनना उसे अच्छा जो क्या लगेगा ? रह लेगा यहीं दिन चारेक, अपनों से भी भेंट लेगा। इति उक्त्वा विवाद योग्य कन्याओं के माता-पिता की आँखों में कुछेक हलके सपने भी तैरने लगते। बिन घरनी घर भूत का डेरा ही हुआ। बिदेस का रहना, क्या जाने इस बार अपनी ही बिरादरी की लड़की छाँटे ? दरअसल नात-गोत एक तरफ, पर हमारे घर में भी मुन्नूचा' के लिए रुकने की व्यवस्था की जाने की चंद बड़ी वजहें मुन्नू चा' की अघोषित समृद्धि और हमारी बुआ की पक्की उम्र की हो चली बेटी भी थी। वहाँ का रुपया यहाँ आ के ईसबगोल की तरह फूल के एक का तीस बन जाता है। हरूचा' के जिगरी दोस्त बुद्धिबल्लभ मास्साब

का कहना था। चार दिन आ के कुछ नहीं तो एकाध मृतक भोज, जागर-पूजा ये कुछ जरूर करेंगे ही मुन्नू लला। कुछ जूठन भले लोगों की इस देहरी पर भी गिर जायेगी। उमर कोई ज्यादा जो क्या हुई है अभी उनको दूसरे ब्याह को ? बिलायत के अन्नपानी से तो शरीर फिट-फैट रहनेवाला हुआ। उद्धार भी कर देगा शायद किसी कन्या के घरवालों का। गिरस्ती बस जाये बिचारे की फिर से, तो बिरादरी भी निष्फिकर हो ले। नहीं हुआ ? सबसे जोर से हामी भरी बुआ ने।

सुबह उठकर तैयार होकर हम सब उस कोठरी के बाहर पतिंगों की तरह कुछ देर मँडराये। जहाँ मुन्नू चा' कंबल तले पहाड़ बने सो रहे थे। एक कोने में उनका गडामियर सूटकेस पड़ा था। नंदादेवी के जतिए (भैंसे) जैसा मोटा, दुखाल। दो-तीन बैग भी धरे थे। उनके भीतर क्या होगा। इसकी विवेचना करते हम झाँक ही रहे थे कि स्कूल को खदेड़े गये। जाते-जाते इतना ही पता चल पाया कि मुन्नू चा' रात दो बजे ही पहुँच पाये थे। गाड़ी में तीन बार पंचर के बाद ड्राइवर भी नाउम्मीद हो चला था। बहुत थके थे दोंनों। सो दो घूँट दूध पी के ही मुन्नू चा' सो गये—ड्राइवर साहब ने अलबत्ता पूरी खुराक का खाना खाया। फिर गोशाला में तो पिस्सू होंगे, कह के अपनी टैक्सी में ही जा सोया। शहरी हुआ।

एक और विस्मयकारी चीज धरी देखी हमने मुन्नूचा' की गाड़ी में। पट्ठे के ये बड़े डब्बे में पानी भरी प्लास्टिक की दर्जनों बोतलें। "द··· गंगाजल जैसा हुआ ये साफ पानी।" बसंती बुआ बोलीं। "पहाड़ का पानी कहाँ रह गया अब पहले जैसा ? जिसके लिए पहाड़िए देस में बैठे तरसा करते थे। पियो तो पेचिश हो जाये। आँत का बुखार हो जाये—ऐसा हो गया है। मुन्नूचा' जैसे इंगलिश टाइप जंडुलमैन अब पहाड़ आये तो अपने पीने का महँगा शुद्ध जल मैदान से अलग लानेवाले हुए। यहाँ तो पेट चल गया। तो डॉक्टर, ढंग का संडास भी नहीं ठहरा।

गाँव की अनब्याही लड़कियों पर ये सब ठाठ-इंतजाम देख के हँसी के दौर जैसे पड़ने लगे थे। "द··सुना विलायत में नित्यकर्म करके अंग को खुशबूदार कागज से पोंछ लेते हैं जी।" खित्त करके एकाध नजर सब लड़कियाँ मुन्नूचा' के कमरे की ओर भी डाल रही थीं। बड़ी औरतें ऊपर से कोप करके भी, पल्ला मुँह पर रख हँसनेवाली हुई। बड़ा आसामी ठहरा मुन्नू। जाने अल्लादीन के चिराग जैसे सूटकेस से किसे क्या मिल जाए ?

जाते-जाते टैक्सी की धूल पर पूरन। चतुरिया और मैंने उँगली से अपने-अपने दस्तखत 'हमें ना भुलाना।' लिख के आँक दिये। ड्राइवर भीतर सोता रहा। नींद में उसका मुँह भयावह रूप से खुल गया था और मूँछों के बगल से लार टपक रही थी। ऐसा लगता था जैसे वह मर गया हो। परू और मैंने तो जरा हैंडिल को भी ट्राई जैसा किया। पर साला शहरी अंदर से ताला मार के सोया था। अनावश्यक हल्ला-गुल्ला मचाकर हम लोग जब विदा हुए उस वक्त भी कुंभकरण जैसी उसकी नाक बज ही रही थी।

रास्ते भर हम लोग जो जो कुछ भी मुन्नू चा' के बारे में सुनते आये थे। उड़ेलते रहे। अंततः यह प्रकाश में आया कि हम लोग कुल जमा तीन ही मुख्य बातें पकड़ पाये थे उनके संदर्भ में। एक कि मुन्नूचा' शुरू से ही बड़े होनहार और पढ़ंतू थे और गाँव से बाहर जाने को हुमकते रहते थे। दो-कि मुन्नूचा' लोग बेहद दरिद्र पर बेहद स्वाभिमानी थे। कई बार उनके घर एक-दो जून खाना भी नहीं पकता था। लेकिन तब वे लोग मुहल्लेवालों को झाँसा देने को सेंत-मेंत चूल्हे में कुछ चैलियाँ जला कर पानी का भड्डू (पतीला) धर देते कि धुआँ दिखता रहे और बाद को उनकी बहन मुन्नी और उनकी माँ बाहर आकर धुआँ खाये बरतनों को राख लगाकर माँजने का अभिनय करतीं। ज्यों अभी वे सब जनी खाकर ही उठे हों। चतुर मुहल्लेवालों को वे पूरी तरह तब भी झाँसा नहीं दे पाये। यह इसी बात से सिद्ध होता था कि उनके ऐसे प्रयासों की आँखों देखी कहानियाँ घर-घर में लोग कहते-सुनते थे।

तीसरी और अंतिम बात यह थी कि मुन्नू चा' ने बाहर पढ़ने जाने के बाद पलट कर गाँव को मुँह नहीं किया था। करते भी क्यों ? घर में उनके बैठा ही कौन था अब। उनकी दिवंगता पत्नी जिन्हें उन्होंने बाहर जाने के बाद ही कहीं ब्याहा था। बाहरी समाज की थीं और निपूती ही गुजर भी गयीं थीं। गाँव में उनका कोई चित्र, कोई खाका उपलब्ध नहीं था। सिवाय हरू चा' के स्मृति बैंक में संचित उनके बाल्यकाल के एक उच्छ्वास के, कि शादी करनी ही हो, तो वह यानी कि मुन्नू चा', मेनका जैसी अपूर्व छरहरी सुंदरी से ही करेंगे। चाख (चक्की) जैसे कूल्होंवाली और थाल जैसे चेहरेवाली इधर की भ्यास (फूहड़) लड़की से नहीं। सो सुंदरी जरूर रही होगी मुन्नू चा' की घरवाली।

शादी के बाद दोनों पति-पत्नी विदेश चले गये थे। अब लौटे, तो सिर्फ मुन्नू चा'। अस्थि-कलश लेकर।

एक संगी को यह भी याद आया, कि उसकी दादी के अनुसार छः पीढ़ी पहले मुन्नू चा' के खानदान को किसी कनफटे संप्रदाय की जोगिन ने सराप दिया बताया जाता है। उसने कहा था कि उनके छप्पर का कद्दू और उनके गाय की बछिया तक झन पनपें करके।

हमारे स्कूल से घर लौटने तक दिन ढल चला था और हमने मुन्नू चा' को आँगन में बड़े लोगों से घिरे-घिराये बैठा पाया। धीमे सुर में वे सब हुक्का गुड़गुड़ाते बातें कर रहे थे। बातें जरूर ही बहुत रोचक होंगी। क्योंकि हमने स्नानघर में जाकर सिर्फ साबुन गीला करके उँगलियों की रोशनाई बिना रगड़ के छुटाये हबड़-हबड़ करके चबैना खाया और बिखराया। लेकिन चील की जैसी नजरवाले बड़े लोग टोक-टोक के दोबारा धक्का दे के हाथ-मुँह धोने को कहने के लिए पीछे-पीछे नहीं आये। उड़ते-उड़ते कह भर दिया कि ठीक से खाना-हल्ला मत करना करके। बस।

खाना-मुँह धोना विद्युत गति से मिनटों में निबटा कर हम सब उनके बीच मौजूद थे।

बड़े लोग। खास कर हरू चा' बड़ी गंभीर मुद्रा में बड़ी ओजस्विता से मुन्नूचा' को बता रहे थे कि जो आँख से देखा नहीं वो नहीं ही है। ऐसा सोचना जो है गलत है। नदी जो साल भर सोती है अचानक उफना के क्यों डाकिनी की तरह पहाड़ तोड़ कर चबाने लगती है ? पालतू जानवर क्यों एकाएक पागल हो जाते हैं ? क्यों गाँव के किसी मिनख-मानुस की मौत से पहले फ्यून पक्षी का रोना सुनाई देता है ?

"तेरी साइंस के पास है जवाब ? नहीं है न ? वही बात पितृ-बिसर्जन की भी हुई। वैसे नहीं दिखते मरे लोग। तो सपने में नहीं जो क्या आते ?"

"स्वजन विदेश में मरे या स्वदेश में। उसकी प्रेतमुक्ति का विसर्जन तो करना ही चाहिए। नहीं ?"

यह बात सबको ग्रहणीय लगी।

मुन्नू चा' के मौन को सम्मति लक्षण मान लिया गया। "अहा बिचारे का भाग देखो। सब कुछ पाके। अचानक जीवनसंगिनी को ही खो दिया। कालसर्प योग होगा अभागे की कुंडली में" कह कर रसोई-पानी को उठती हुई महिलाएँ आँख पोंछने लगीं। पुरुषों के चेहरे भी गंभीर हो उठे। सात समुद्र पार से प्रेतकर्म करके अपनी अर्द्धांगिनी को मुक्ति दिलाने का हजारों मील दूर के गाँव आना मुन्नू

चा' की धर्म तथा कर्तव्य-परायणता का प्रमाण था। उनकी इस सदिच्छा को कैसे सही परिणति दी जाये ताकि जन्मनि-जन्मनि उनकी भार्या का प्रेत मुक्तिलाभ कर सके। यह बिरादरी का ही दाय ठहरा। हुआ कि नहीं ? पुनर्विवाह का प्रसंग किसी ने न छेड़ा।

"मेरे विचार से ठोलिया रामनाथ बाजी और पुजारी जी को भी बुला लेते हैं कल ! नहा-धो के सुमुहूर्त में जागर लगाना ही अच्छा होगा। हरू चा' ने राय दी। जागर लगाने की प्रसिद्धि इधर के ही लोगों की हुई—दक्षिण जोगी रंगा-चंगा। पूरब जोगी वादी। पच्छिम जोगी भोला भाला। सिद्धजोगी उतराधी। हरू चा' ने यह भी कहा कि अब जो होना था सो तो हो गया। पर अब जो बच रहा उसकी आगे सुरक्षा और भलाई बनी रहे। रोग-शोक से मुक्ति हो। अनिष्ट का निवारण हो। सो फिर ठीक है डियर। कल मैं पुजारी और बाजी को खबर करि आता हूँ।" उदास अन्यमनस्क मुन्नू चा' खिड़की से अपने पुराने मकान को ताक रहे थे। ताकते रहे। चतुर सरुलि ने अपने लड़कों को मुन्नू ददा को नमस्कार करने भेज दिया था। दोनों उन्हें घर की मरम्मत के कष्टसाध्य काम और खर्च का लंबा ब्यौरा रोनी सूरत के साथ देते रहे। तब भी मुन्नूचा' चुप ही रहे। 'तो फिर चलें ददा।' कह के वे उठे तो उदास स्वर में सिर्फ कहा—'अच्छा!'

अगले दिन स्कूल में खबरें सबसे पहले सुनाने की स्पर्धा में हम लोगों ने बिना डाँट खाये समय से पहले उठकर अपूर्व तेजी से तैयार हो। अपनी माताओं और दादियों को विस्मित किया।

मुन्नूचा' की पत्नी की प्रेतमुक्ति को जागर लगने की खबर ज्यों-ज्यों घर-घर पहुँची उसने उनींदे-शांत गाँव को वाचाल और उत्सवपूर्ण कर दिया। हर घर में ग्राम और कुल देवता के नाम भेंट का जुगाड़ किया जाने लगा। जिसे स्त्रियों-बच्चों ने आँखें फाड़-फाड़ कर देखा और घर-घर जाकर बताया। यह भी ज्ञात हुआ कि मुन्नू चा' की ओर से सारी व्यवस्था की बागडोर हरूचा' के हाथों में सौंप दी गगी थी। नोट की ये मोटी गड्डी उनने हरूचा' को ऐसे थमा दी थी जैसे पान की ढोली हो। आम तौर से बाहर वरांडे में हुक्का पीते-गपाष्टक करने के शौकीन हरूचा' को अब घड़ी विश्राम न था। ऐसे भागदौड़ कर रहे थे। जैसे पैर में चक्र लगे हों।

अंत में जागरवाली संध्या आ ही पहुँची। सारा गाँव उमड़ पड़ा था स्थली पर !

काली निस्तब्ध··· रात··· आग की लपटें··· डिम डिम डिम ··· झन्न

झन्ना··· झन्न झन्ना···

'ह्यं हिंवालू जाग। पयालू पाणी जाग !' जगरिया वाद्यों के बीच युग-युगों पुराना आह्वान एक बार फिर तिरने लगा। गूँजती आवाज़ें जा रही हैं घाटी के पार। पहाड़ों के पार। सात समंदर। तेरह नदियों के पार। कलियुग पार कर द्वापर। त्रेतायुग चीरती हुई सतयुग के उस पार कालातीत देवताओं की देहरी तक।

जागो ! जागो हो बाला बैजनाथ में ! धौली देवप्रियाग में। हरि हरिद्वार में। विश्वनाथ काशी में ! जागो रे बूढ़ा केदार। भोले शंभुनाथ। काली कुमूँ। चौपड़ा-चौथान। शोभन की गद्दी। स्फटिक का शिवलिंग। आओ ! आओ ! आओ! हे देवताओ ! तुम शुभ घड़ी। सुमूहूर्त में आओ ! तुम हमारी वंदना सुनकर आओ। तुम शंख की ध्वनि से आहूत बनकर आओ ! आओ ! आओ ! आओ !

डिम डिमा डिम्म !··· कच्ची उमर के बच्चे। नयी बहुएँ सहम कर घर की बूढ़ियों से सटने लगे हैं। परू के छोटे भाई सुरिया का पाजामा गीला हो गया है डर से···

व्हा···प्रथमे ओंकार। ओंकार से फोंकार। फोंकार से वायु। वायु से विषंदरी। विषंदरी से पाणी। पाणी से कमल। कमल से ब्रह्मा। ब्रह्मा से गुसाई जी प्रकटा रहे हैं। गुसाई ध्यान धर रहे हैं··· ह्वां जल के सागर पर सृष्टि रची जा रही है रे ! व्हां···! व्हां !···!

डिम्म डिम्मा डिम्म···झन्न झन्ना···झन्न झन्ना···!

कैसा चमचमान हो रहा है आज घर। सुबह से सारे घर को रगड़ के धोने-लीपने में लगी थीं औरतें। फिर अल्पना आँके गये। फिर लोबान-अगरु जली। अब नहा-धो के हाथ बाँधे सब गृहस्वामी मुन्नू चा' के साथ प्रतीक्षा में हैं। उतरेंगे देवता एक-एक करके यहीं हमारे बीच। बबू ! रोंगटे जैसे खड़े हो जाते हैं सोच के।

औतरिया की देह काँपने लगी है थुरथुराट के साथ ! चुप ! शांत ! देवता प्रकटने लगे हैं रे, जै हो !

सबसे पहले प्रकटे हैं मारुतिनंदन हनुमान ! औतरिया ने अचानक सतर हो ज्यों ही छलाँग लगायी। गाँववाले नतमस्तक हैं। जै हनुमंत बीर बजरंगी। जो लंका साधे, बिलंका साधे। जल को जाल। काल की फाँस साधे, राम जी को दूत। महादेव को पूत ! जै हो बीर बजरंगी !···

अक्षत फेंको रे ! फेंको फूल और रोली। जैहो ! जैहो! बबू ! वो देखो आ

रहे हैं चंड भैरों खितरपाल। माता महाकाली का जाया। बूढ़ा रुद्र का जाया··· आहा गुरु गोरखनाथ का शिष्य, सोंटा, मुद्रा, नेपाली चिमटा। नौलड़िया चाबुक सब हुए साकार। डिम डिम्मा-झन्न झन्ना···

···जगरिया पुरोहित और वादक आँख मूँदे फिर झूम रहे हैं। औतरिया का शरीर काँप रहा है धीमे-धीमे। अब नाथ सिद्ध उतर रहे हैं। उस पर भूत। भैरव। जक्स। माँछरी। आँछरी। ऐरी। भराड़ी, हरू सैम। झाँकर सैम ! अंधकार के समुद्र में अदीख आकारों की उसाँसें उत्ताल तरंगें उठाने लगी हैं। पुजारी उरद और चावल औतरिया पर छींटता है···

नाथ सिद्ध हुए उग्र-दुर्वासा, जैसे, पर भारी रक्षक भी हुए गाँव के। गरीब गुरबों के खास कर के। नाथ सिद्धों से गाँव रोग-निवारण की विनती कर रहा है—इस पिंडे की छल छिद्र हरो। भूत-प्रेत हरो हे स्वामी ! अपना प्रचंड बाण मारो और बारह प्रकार की विथा। छत्तीस प्रकार की बला को नष्ट कर दो। क्यों मंत्रफट स्वाहा। ऊँ नमो गुरु जी कौं आदेश—राणी कर्णावती की आन तुम्हें। अपूते को पूत दो। दरिद्र को धन दो। बाट भटके को बाट दिखाओ।

अत्तर की लौ खींचनेवाला गोरखपंथी रामनाथ बाजी तन्मय होकर लाल-लाल आँखें आक्रोश पर टिकाये ढोल पीट रहा है। उसके कानों में सींग के कुंडल हैं। गाँव में गाँजा-अत्तर के शौकीन उसके चेले हुए। उसके ढोल की महिमा हुई अपरंपार। एकदम खेंच के बतानेवाला हुआ कि कैसे ईसुर ने ढोल ढाला, पार्वती ने बटी बान, महेश्वर ने मढ़ाया, कथावंत ने कंधे चढ़ाया··· जय हो ! बाजी पर आत्मा सवार है। अतः पवित्र से भी पवित्र है बाजी इस बखत। औरतें-आदमी सब पैर छूकर भेंटें चढ़ा रहे हैं। किसी को आशीष। किसी को झापड़ दे रहे हैं देवता ! बूढ़े मान कर रहे हैं।—"देख रे गौलू तेरे होते ये कैसा-कैसा अन्याय हुआ। चौमासे में पानी की बूँद को हम तरस गये। धौली गाग की बछिया को बाघ ले गया। तू क्यों नहीं करता कुछ। ?"

हुंकार··· कंपन··· अक्षत··· देववचन··· मृतका के भूत का रांसो गान से आवाहन हो रहा है अब, "हे माँ ! तूने अपने बाल-बच्चों को वानरों की टोली सा छोड़ दिया।"

"हे माँ, तेरा, माँ का मन पीपल के पात, पात पर पानी की बूँद-सा होता होगा।"

"हे माँ, क्याप्प तूने सोचा होगा, हा, क्याप्प आके जो खड़ा हो गया।"

"हे माँ, काल ने तेरी जोड़ी में विछोह डाल दिया।"

"तेरे सिर का छत्र ये आज यहाँ बैठा है।"

"हे माँ, आ, आज आके अपने घरवालों को देख जा।"

"अपना रौंत्याली गाँव देख जा! आ जा, देख जा, अपना दुख भुला जा।"

टप टप टप···आँसू बह रहे हैं सारे गाँव की आँखों से···हरूचा'। मुन्नू चा' की ओर ताक रहे हैं। मुन्नू चा' का पहाड़-सा निर्विकार चेहरा भी आग में ज्यों पिघलने लगा है। आओ ! आओ ! आओ!

"मौत तो सबको आती है। आग सबको जलाती है। कातर न हो री। सागर के पानी को सागर में ही समाना है।"

"आपुना बाणा की भूत भेंटुली ले जा। री अपने हिस्से की भेंटुली ले जा···

पुरोहित लपलप करती लपटों के उजाले में थाल आगे ला रखता है। थाल में है लाल साड़ी, मंगलसूत्र, जंफर, काँच की चूड़ियाँ, कंघी, फल, खिचड़ी, सिंदूर पैसा···कुछ भी नहीं भुलाया है हरूचा' ने !

सुनो रे सुनो ! हुँ··· हुँ··· हुँ···औतरिया के मुँह से जनानी जैसी आवाज फूट रही है··· "नहीं किया मान मेरा रे···नहीं किया रे मान···" जैसा कुछ कहर रहा है मुन्नू चा' की घरवाली का भूत ! हमारी पीठ पर सुरसुरी-सी रेंगने लगी है। पीले झुरझुरे पत्तों-सा दुख हवा में उठता है फैल जाता है। साँस साधे। सब खड़े हैं। मुन्नू चा' एकटक ताक रहे हैं। औतरिया को···

"···हुँ··· हुँ··· हुँ सात समंदर··· समंदर पार जिमीन··· जिमीन में सतखंडा रे··· सतखंडा मकान··· मौत के बखत पानी नहीं रे···दू बूँद पानी नहीं···हुँ···हुँ···"

हरूचा' गला खँखारते हैं, "तेरा आपरेसन हुआ था ब्वारी हस्पताल में—डॉक्टर ने मनाकर रखा था पानी की बूँद मुँह में देने को··· कहा था कि आँत का घाव फट जायेगा कर के···"

मुन्नू चा' की सूखी। बीरान आँखें एकटक देख रही हैं आग में तपे औतरिया का चेहरा··· पुजारी अनुनय करता है···

"मिरत का दिनतै लै पनियाँ नी पायो
पनिया नी पायो। तुम ले पनियाँ
पियूला···"

तुमने मृत्यु के दिन पानी नहीं पाया तो हम पानी पिलायेंगे। नदी में बही हो तो भँवर से छुड़ायेंगे... फाँसी खा कर मरी हो तो फंदा कटवायेंगे, पहाड़ से गिरी हो तो चट्टान कटवायेंगे...

डिम डिम्म... झन्न झन्ना झन्न...

औतरिया सिसकारी-सी भरता है... एक स्तूप की तरह बैठा। वह बैठे-बैठे झूम रहा है। स्तूप के नीचे छिपे जाने कितने खंडहर सिसकारियों के साथ पहले उभरते हैं। फिर अररा कर टूटे तटबंध की तरह दुख के काले महासमुद्र में गिर जाते हैं... "शाखा नहीं, प्रशाखा नहीं मेरी... बच्चे तुमने होने नहीं दिये... पैसा ही पैसा रे... मेरा आखिरी बखत तक पैसा ही कमाया—मुझे फिरंगी डागदर ने दो घूँट पानी नहीं दिया रे... बेऔलाद मैं... हाय मैं अक्केली मरी फिरंगियों के बीच..."

ठंडी हवा का झोंका हम सबको सिहरा गया... काले औंधे कटोरे-सा विदेश का आसमान... दूर... बहुत दूर... हजारों मील दूर छिपे किसी कुकुरबाघ की आँखों जैसे चमकते अनजाने नक्षत्र और उसके नीचे से उड़ती आयी औतरिया के शरीर में सिसकती एक निपूती-प्यासी स्त्री की भटकी हुई आत्मा... "बहुत दूर हूँ रे... बहुत अकेली... निपट अक्केली... कुकुरबाघ जैसा घात लगाये मौत बढ़ रही है मेरी तरफ। बेआवाज..."

वृद्धाओं की, युवतियों की आँखों से धारधारी आँसू बह चले हैं... पानी... दूध... जो जिससे बन पड़ा चढ़ा रहे हैं... औतरिया घट्ट-घट्ट पीये जा रहा है सारा का सारा। अगत्स्य मुनि की तरह... सुदूर समंदर पार की एक अनबुझी प्यास उसके भीतर सिसकारियाँ ले रही है... यंत्रणा और अलौकिकता। प्यास और तृप्ति औतरिया के चेहरे में ऐसे साफ पढ़े जा रहे हैं जैसे कलम से लिख दिये गये हों... शंख-मंजीरों के, कांसे की भन्नाती थालियों के तुमुल निनाद के बीच... औतरिया जोरों से काँप रहा है, आँखें बंद हैं। ओंठ कुछ बुदबुदा रहे हैं... बाजे धिमाते-धिमाते बंद हो रहे हैं।

सुनो, कुछ कहना चाहती है आत्मा...

—"कौ बेटी, कौ!" वृद्ध पुजारी पुचारा देता है, "तू तो हमारी अपनी पराणी है। क्या हुआ जो तू इस जात-बिरादरी में नहीं जनमी... अरे। जिस दिन मालिक

के साथ अगिन के सात फेरे लेके गाँठ जोड़ी। उस दिन से तो तू हमारी ही हो गयी। कौ लली। क्या चाहिए तुझे··· ”

सब चुपचाप औतरिया को ताक रहे हैं। ठंड के बीच भी बगलों में पसीना बहना हममें से कई ने अनुभव किया। औतरिया झूम रहा है अजाने आवेग से। आँखें बंद हैं उसकी—

“जनम लूँगी पुनः जनम लूँगी·· जाती हूँ·· कहा-सुना माफी··· जाती हूँ”

औतरिया फिर अपने ध्यान में लौटने लगा है। शंख मंजीरे फिर बजने लगे हैं··

“जनम लूँगी··· यहीं जनम लूँगी··· इसी गाँव में फिर से आऊँगी··· ” आश्चर्य चकित हम सबने विदा हो रही प्रेतात्मा की ऊँची-पतली वाणी सुनी।

पुजारी विदा गीत गा रहा है। उदासी भरा गीत—“जा री बैणा अपने घर। तू रखना अपना मान। तुझे सुआपंखी साड़ी देंगे। नौरंगी चोली देंगे, एक सुंदर वेणी, झिलमिल करता दर्पण देंगे। चंद्रमा का शीशफूल। धौली नदी के फाट-सी माँग देंगे। उजाले को सूरज। पनघट को मेघ देंगे लाडी। पूज के विदा करता हूँ तुझे। तू जा अपने स्थान को। स्वलोक को जा तू।”

हमने चोरनिगाहों से मुन्नूचा' की ओर देखा। वे आँखें पोछ रहे थे।

इसके बाद मुन्नूचा' चारेक दिन ही और रुके। पर उनसे इस बारे में और कोई बात नहीं हुई। हिम्मत जैसी भी नहीं हुई किसी को। अजीब ही थी उनकी यात्रा और कुछ अजीब ही अंत हुआ मुन्नूचा' की इस कथा का, वापस जाने के सालेक बाद मुन्नूचा' चल बसे। ऐसी खबर उनके दफ्तर से एक चिट्ठी में हरूचा' के नाम अचानक एक दिन आयी। चिट्ठी में यह भी कहा गया था। कि मुन्नूचा' अपनी सारी संपत्ति विलायत के किसी कृष्ण मंदिर को दान कर गये थे और कुछ निश्चित रकम हरूचा' को भेजने को वकील से कह गये थे। ताकि उनके नाम पर वे कर्मकांड करा दिये जायें। जो करने होते हैं। पत्र के साथ चेक था। भेजी गयी धनराशि प्रचुर थी। हरूचा' नानघरवालों के पूरन को साथ लेके गया शहर जाकर के उनका पक्का सराध करा आयें और गाँव में जागर लगा के उनकी अंतिम मुक्ति करा सकें, इतनी।

हरूचा' ने वातरोग की तकलीफ के बावजूद निष्कामभाव से सब किया।

सरुलि ने अलबत्ता होंठ टेढ़े करके बिरादरीवालों को सुना के कह डाला, कि हरू लला के सैर सपाटे को अच्छा जैसा बंदोबस्त हो गया कर के। नहीं तो बरेली से आगे का मैदान जो क्या देखा ठहरा उनने ? लेकिन सरुलि की बात पर ध्यान ही कौन देता ?

हम स्कूली जने कुछ दिन तक ये सोचते रहे कि मुन्नूचा' के दफ्तर को एक चिट्ठी में उनकी अंतिम इच्छानुसार सारा काज गाँववालों द्वारा ठीक से निबटा दिये जाने की खबर के साथ जागर का परसाद भी एक पुड़िया में वहाँ भेज दें, पर किसे ?

बुद्धिबल्लभ मास्साब के कहने से कि हमारी अँगरेजी में हमारी हिंदुस्तानी बात का मर्म वो ठीक से नहीं समझ सकेंगे। हमने आखिरकार वह पत्र लिखना मुल्तवी ही कर दिया।

[अक्टूबर, 1992 : धर्मयुग]

बीज

"हाँ सैप (साहब), अपना बीज तो इन्सान को बचा के रखना ही चाहिए।" पहाड़ी के झुर्रीदार गालों पर कुछ नई रेखाएँ खिंच गईं। क्या वह हँस रहा था? हम पर? अपने आप पर?

अचानक दूसरी ओर मुड़कर उसने गले से बत्तख की-सी आवाज निकाली हला ···· । क्क··· क्क··· क्क··· हिड़ि··· य्याह··· य्याह··· य्याह।

गलघंटों की टुनटुनाहट खेत की मेड़ से दूर होने लगी। वास्कट के चीकट लेपल से आलपीन निकालकर उसने दाँतों के बीच में से कुछ निकाला और उसे झटक दिया, "वैसे आप लोग आए कहाँ से हुए सैप, हमको खेती-बाड़ी सिखाने को। है?"

"तेरे को मतलब?" कृषि विभाग वाले की आवाज तल्ख हुई, "पता है तुझे कितने बड़े क्या नाम संयुक्त राष्ट्र संघ के अफसरान हैं, अमरीका से आए हैं, दस हजार मील उड़के।"

"पंख जैसे तो दिख नहीं रहे मेरे को।" बूढ़े के चेहरे पर फिर लकीरें उभरीं, "आँख कमजोर हो गई, स्यात् मेरी। हात् तेरी मैं की—" ढेला उठाकर उसने रेवड़ से हटते किसी··· पशु पर फेंका।

"खेती सिखाएँगे।" वह जैसे अपने से बुदबुदाया। नीचे घाटी में सफेद-सफेद धुंध के, पुंज नन्हीं भेंड़ों जैसे दिखते सीढ़ी दर खेतों में सूनापन फैला था।

"हवा में करेंगे ये खेती।" भोलिया हँसा।

"तू जो है ना भोलिया, दलिद्दर का दलिद्दर रहेगा साले। चलें सर, इस झल्ले माथापच्ची नहीं करो आप। इस सिगरे गाँव में इसके जैसे ही सिरफिरे हैं। न नए बीज लेते हैं, न फर्टिलाइजर, न सोयाबीन के मिनीकिट्स। देस जाके बर्तन माँजना ही लिखा है इनके नसीब में। पहाड़ों के विकास को इतना पैसा सरकार लगा रही

है, आप लोग लगा रहे हो—पर ये विकास होने दें तब तो। रहो सालो भनमजुआ (बर्तन माँजनेवाले) हो के अपनी जिद्द में, कृषि अफसर खुन्दक खा गया था।"

"हाँ-हाँ। जिद्द है हमें। हम भ्यास गँवारों को अपना मोटा मँडुवा-झुंगरा, रामदाना ही रास आता है। अपनी सोयाबीन फोयाबीन तुम अपनी ही खल्दी (जेब) में रक्खो।"

हिड़ि··· हिड़ि ··· हात्तेरी की ··· । अदृश्य भेड़ों तक अपना सन्देश पहुँचा कर भोलिया पत्थर का तकिया बना कर जा लेटा, और उठंग गया।

संयुक्त राष्ट्र संघ का जापानी अमरीकी खाद्यान्न विशेषज्ञ बिली नाकामुरा अपने जर्मन कैमरे से उसकी रंगीन स्लाइड खींचता है। वाशिगंटन जाकर अपने महानगरीय घर में कभी मित्रों को दिखाएगा— "देयर वाज दिस, क्वेण्ट लिटिल विलेज इन द हिल्स दैट वी वेण्ट टु··· एंड देयर वाज दिस लिटिल मैन ।"··· भोलिया टोपी आँखों पर सरकाकर, सोने का नाट्य करने लगा था। क्या पता, सचमुच सो भी गया हो? निर्जन सड़क पर चट्टानों के सामने बहस करने या रुकने का अब प्रयोजन भी क्या था ?

हम चल पड़ते हैं।

जीप जो आगे दौड़ी तो कृषि विद्यालय के वैज्ञानिक महोदय का गुस्सा डीजल के धुएँ की तरह साथ-साथ बह चलता है। नाक से सिगरेट का धुआँ, आँखों से चिनगारियाँ और मुँह से अजीर्ण के भभके छोड़ते हुए वे हमसे जो कुछ कहते हैं, उसका सार है, कि ये पहाड़ साइड जो है सर, उसकी अर्थव्यवस्था तो सर, कृषि पर ही आधारित रही है। तीन-चौथाई आमदनी कृषि से आती है यहाँ। पर आज भी कैश-क्रॉप्स की जगह ये जाहिल-जिद्दी बोएँगे अपने ही यहाँ के घटिया बीज। धान की पुरानी किस्में हुईं, मँडुआ हुआ, झुंगरा, भट्ट-रामदाना इनके बीज घर-घर में तमुड़ी में बचा के ऐसे रक्खे रहते हैं ये लोग, जैसे वो हीरे-मोती हों। सलाह दो, तो काटने को दौड़ते हैं। बुजुर्ग बताते हैं कि इलाके में एक साल अकाल पड़ा था तो चीमड़ लाशें मरते हुए भी बीजों-भरी तुम्बी थामे हुए थीं। मर गए, पर खाने के लिए बोने वाला अन्न नहीं इस्तेमाल किया इनने। ऐसे फितूरिया ठहरे। जानवर जबरदस्ती पालने वाले हुए भले ही चारा न मिलता हो। दूध-घी लायक भी दूध नहीं देती इनकी गाएँ। पर रखने वाले हुए ही।

बिली और माइकल विश्व बैंक के अंतर्राष्ट्रीय अफसर हैं। माइकल का जन्म मसूरी में हुआ था। तब उसके नाना के मुल्क का राज था। उसकी नीली

आँखें वही नाना का राज खोज रही हैं। कलकत्ते के चोर बाजार से उसने एक पुराना प्रिंट खरीदा है। मात्र तीन सौ रुपए में यानी दस डालर। सन् अठारह सौ पिचासी की इस प्रिंट में बंगाल के तत्कालीन अकाल का नजारा छपा है। काली अधनंगी लाशों और लाश सरीखी देहों के ढेर। इस चित्र के परे अकाल का मतलब उसने सिर्फ बाइबिल में पढ़ा है। हर आधे घंटे बाद गर्दन उचका कर वह पूछता है, कि क्या कोई पुरातात्त्विक महत्त्व के खंडहर या पुराने चर्च होंगे आस पास? नहीं, सुनकर वह पेट दर्द की टिकिया चबाने लगता है। जल संक्रमण से उसका पेट खराब हो गया है। भारत आकर कच्ची सब्जी या गोश्त हर्गिज मत खाना। उसके डॉक्टर ने कहा था। अब वह सिर्फ चाय-कॉफी और घर से लाए बिसकिट खाता है।

अगले गाँव में गेंदे-कनेर के सुतली बँधे गुलदस्ते समेत ग्रामसेविका, बीडीओ महोदय और प्रधान समेत कई लोग हाजिर हैं। 'स्वागति आगति पूज्य महोदय ··· हारमोनियम मिमिया रहा है। जहाँ हम बैठे हैं, वहाँ से गाँव की दुकानें दीखती हैं। धुएँ से चीकट काली लकड़ियों वाली। सूखी बिस्कुट-बन्द-रस्क और खटमिट्ठी गोलियों के जार, धुआँ खाई काली चाय की केतली, और दीवारों पर लहराते हैं झागदार बोतलबंद पेय के इश्तहार।

तूफानी ठंडा··· । हिमवन्त पहाड़ों की गोद में तूफानी ठंडा पेय। कीटाणु रहित, झागवाला। डब्बे के दूध से बनी धुएँ के स्वाद वाली चाय की बजाय हम तूफानी ठंडा पीते हैं। संयुक्त राष्ट्र संघ का खाद्य और कृषि एकांश जानना चाहता है, कि इलाके में इतनी भुखमरी के बावजूद, शिक्षादर ऊँची कैसे है और शिक्षादर ऊँची होते हुए भी गाँव वालों में भारी सबसीडी वाला सोयाबीन उगाने को लेकर प्रतिरोध क्यूँ है?

मैं दुभाषिया बनकर आया हूँ साथ में। मेरे तीन उपयोग हैं। पहाड़ी से हिन्दी और हिन्दी से अँगरेजी में बातें तुरंत अनुवाद द्वारा तो मैं समझा ही सकता हूँ। मैं इसी इलाके का बाशिंदा भी हूँ। संयुक्त राष्ट्र संघ के मुलाजिम मुझसे प्रभावित लगते हैं। मेरा उच्चशिक्षायुक्त बायोडेटा·मेरी जेब में इंतजार कर रहा है कि हिंट मिले, और मैं उसे प्रस्तुत कर दूँ। मैं गाँव वालों तक उनका सवाल स्थानीय भाषा में फेंकता हूँ—क्यों रे, क्यों नहीं उगाते तुम अब सोयाबीन ? नकदी फसल ठहरी, ठनाठन पैसा देगी।

"नकदी फसल? क्या हो, आपको सोयाबीन से चार पैसे आ भी गए तो

खेत साले तो इनके उर्वरक के नशेबाज हो जाने वाले हुए।"

कृषि वैज्ञानिक जी क्या आप जवाब देंगे? मैदानों से आए वैज्ञानिक जी टूटी-फूटी अंग्रेजी में सूचना देते हैं कि वे यूरोपीय आर्थिक समुदाय के फ्री-बीज थे सर। इनका धेला नहीं लगा था उसमें? पर पहले तो इनने हमारे फ्री में दिए बीज बोए और फिर हमी से कैश हर्जाना भी माँगने चले आए, भला यह क्या बात हुई? अंतिम वाक्य हिन्दी में है।

"हाँ-हाँ, माँगा हर्जाना।" हजार झुर्रियों वाली वृद्धा बोल पड़ती है, "जितना बोया तुम्हारा फिरी का बीज, उसमें बाली भी नहीं पड़ी सारी मेहनत फालतू गई कि नहीं ? फिरी का सोयाबीन बोया तो वो भी नहीं उगा। अपनी फसल बोने का समय निकल गया ऊपर से इस दैल-फैल में। हमारे खेत जो बंजर रह गए, उनको हम चाटें क्या? तभी तो हमने हर्जाना माँगा। अरे, अपना देसी धान का बीज बोते तो, इससे अच्छे ही रहते। देवी की सौ।"

पानी की कमी है इलाके में। मैं विश्व बैंक को बताता हूँ? वर्ना पहले पहल तो उन्नत नस्ल के नए बीज माँग-माँग कर लिये थे इन्होंने । पानी की कमी से फसल जो थी, सो मारी गई। अब उधर वह बड़ा बाँध बन जाएगा तो काफी हद तक समस्या हल हो जाएगी। बाँध विरोधी लाबी यह अभी नहीं समझती। दरअसल यह तो बस पालिटिक्स है स्थानीय स्तर की। नहीं? मैं चतुराई से कहता हूँ। शिक्षित बेरोजगारी जो न कराए। खाली दिमाग शैतान का घर।

कृषि विभाग पुलकित हो सिर हिलाता है, बिल्कुल-बिल्कुल।

"दरअसल बीज की ही सारी लड़ाई है ये सैप।" बूढ़ा थोकदार उदासी से कहता है कि किरासन के धुएँ से गंधाती चाय का गिलास थमाते हुए, "ये जो हरित किरांती वाले बीज बाहर से आए न सैप, उनका जादू देखके अपनी धरती के बीज उच्चेड़ (नोच) के उपाड़ (उखाड़) के भनका (फेंक) दिए हम लोगों ने पर अपने बीज के बिना कभी खेतों में बरक्कत हुई है किसी के वहाँ? फिर इन किर्षी विभाग वालों के मारफत तुम्हारे अमरीका से सोयाबीन आ गया, नई मूली, नया आलू, नया मटर आ गया। हमारे गहत, भट्ट, छेमी फाफरा, सुंटा, रंगड़वास, सब सौतेले बन गए रातोरात। इनके नए बीजों से न चारा मिलता है हमें, न हम खुद खानेवाले ठहरे सोयाबीन-फोयाबीन। हो गया। तराई की फैक्टरियों को सोयाबीन बेच के सड़ा चावल खरीदना पड़ा लोगों को, तो अक्कल आई कि अपना बीज बचा के

ही रखना चाहिए था।"

"चारा नहीं ठहरा तो गाय-बैल-घी-दूध गोबर का, अकाल हो जाने ही वाला हुआ। बच्चों के पीने को भी दूध नहीं है अब। तिस पर कीट-पतंगे यार ठहरे इन नए बीजों के। भरतसिंह जोड़ता है, "लार से पत्तियों को मोड़ के ऐसा रस चूसते हैं कि फसल में दाना पड़ने ही वाला नहीं हुआ। और हर्जाना माँगने जाओ तो मिलेगा घुत्ता ···" (ठेंगा) वह अपना फटा ठेंगा दिखाकर चुनौती देता है, पूछ लो किर्षी विभाग के सैप से झूठ कहता हूँ तो।

किर्षी विभाग सिटपिटाकर बताता है कि सर ! हर्जाना-हर्जाना चिल्लानेवाले ये मूर्ख न्यूट्रिशन की नहीं सोचते। इनके ट्रेडिशनल अनाजों में पौष्टिक तत्त्व हैं ही कहाँ? पहले जरूरत से ज्यादा जानवर पालते हैं ये लोग, जो गिलास भर दूध देते थे बस्स, और चारा खाते थे गड्ढे का गड्ढा। उनकी संख्या घटने से सर ! वन पर्यावरण बचेगा, घास भी पनपेगी। रही बात हर्जाने की, तो वह फसल विनाशी कीड़ा तो यूरोपीय आर्थिक समुदाय योजना वाले हमारे कीटनाशकों ने खत्म कर ही दिया था, फिर कैसा हर्जाना?

"ले यार।" थोकदार का स्वर घरघराता है, "तुम्हारे कीटनाशकों ने जो क्या मारा कीड़े को। चौमासे में जोरदार बरखा हुई तब वो बह के गया। तब तक फसल बरबाद हो चुकी थी हमारी। और आर्थिक समुदाय का बीज तो साला हमने जितना बोया उतना भी धान नहीं मिला। इससे अच्छा तो अपना पहाड़ी धान था। अगेता बोओ या पछेता, अपने हाथ का हुआ। फिर चारा देने वाला हुआ वो भरपूर। बौने धान में साला न सवाद न चारा। और उसका पसाया माँड तो बछिया भी सूँघ के छोड़ देती है। बाजार के लिए बोएँ फिर बाजार से लेके खाएँ, ये सरकारी खेती हमसे नहीं होगी सैप। जै हिन्द।"

हमारी जीप पहाड़ों में सोयबीन की खेती के आँकड़े ले लेकर भाग रही है, मैदानों की तरफ। सन् अस्सी में आठ जिलों में सर बावन हजार छः सौ सत्तर हेक्टेयर भूमि पर उगाई जाती थी सोयाबीन जिससे अट्ठाईस हजार दो सौ मैट्रिक टन उत्पादन ··· पीं पीं ··· स्थानीय लोगों को भड़का रखा है इन झोलेवाले छोकरे सर्वोदयी कार्यकर्ताओं ने ··· वैज्ञानिक किस्म की बात ऊपर के लेबिल पर ही ठीक से समझेंगे वे लोग, जो खुद बाहर से स्पेशलाइज कर आए हैं। वे ही तो नीतियाँ बनाते हैं।

वे अंग्रेजी जानते हैं न इसी से उन्हें कनविंस करना आसान है। इन गँवई गाँव वालों के साथ लैंगुइज इज ए बिग प्राब्लम। मैं कहता हूँ। हिन्दीं माध्यम की पढ़ाई वैज्ञानिक चिन्तन नहीं देती सर, बस लड़ना, नारेबाजी करना सिखा देती है।

पों ··· पों माथे पर रोली लगाए टिन के ट्रंक रखे दो किशोर अंतर्राष्ट्रीय मुद्रा में निःशब्द अँगूठा उठाए आशा भरी निगाहों से हमें दिल्ली की ओर जाता देख रहे हैं लिफ्फट दे दे रे ··· लिफ्फट। जगह-जगह हिन्दी माध्यम के मारे बेरोजगार पहाड़ी युवक मैदान की ओर भागती जीपों-ट्रकों से लिफ्ट माँगते हैं। शिक्षा ने, बिजली के तारों ने, पक्की सड़कों ने, सोयाबीन ने मैदानी सपनों से गाँठ जोड़ दी है इनके मन की। बूढ़े-औरतें इनसे जो कहें, नहीं करनी इन्हें मोटे अनाज की कमरतोड़ खेती सीढ़ीदार पहाड़ी खेतों में। उन्हें नहीं चाहिए मडुवे की रोटी और झुँगरे का भात, उन्हें चाहिए तूफानी ठंडा ··· ।

पहाड़ से मैदान, मैदान से महानगर, महानगर से विदेश-न्यूयार्क, कैलीफोर्निया, लन्दन, बान, फिलाडेल्फिया ··· भाग रहा है, घर घर से युवा, हमारा अपना बीज ··· बीज बचा के रखना चाहिए इन्सान को ··· भोलिया कहता है, फिर सो जाता है। यूँ अच्छा हुआ भोलिया अँगरेजी नहीं जानता, वर्ना माइकल जे को बंगाल के अकाल की छाया गिद्ध के डैनों की तरह यहाँ दीखने लगती।

क्या पता? सड़क किनारे चाय की दुकान पर दो-दो विश्वयुद्ध लड़ चुका दुकानदार हमारे लिए पाउडर दूध की चाय बना रहा है। टन टन ढक्कन बजा कर नया स्वाद जगाए यह दूध ··· सुन्दर स्त्री पोस्टर से बताती है। चाय में गंध है। ये पानी भी नीचे तीन किलोमीटर दूर नदी से लाना होता है सैप। अब पहाड़ में क्या बचा? नदियाँ-गधेरे, नाले सब सूख गए। सब चीज बस्त बाजार से ही मँगानी हुई। खेती की उपज बाजार में, बाजार की उपज घरों में। बरक्कत कहाँ रही? लड़के दो थे, दोनों पढ़-लिख के मैदान को भाग गए। इस बुढ़ापे में घर उसे ही चलाना ही हुआ। दो-दो लड़ाई ने नहीं तोड़ा जिस हिम्मत को सैप, उसे बजार ने आग लगा दी। वह ठठा कर हँसता है।

उसकी हँसी में एक ऐसा रुदन छिपा है जो सीधे पहाड़ों की दरकी छाती से फूटता है।

[27 दिसंबर, 1992 : हिंदुस्तान]

सुपारी फुआ

जैसे काँसे की पुरानी बटलोई अजाने में कहीं पेंदी से तड़क जाये और एक नामालूम सी दरार से अदहन रिसकर चूल्हे में चौंकाने वाली सों-सों करने लगे, कुछ वैसा ही इधर सुपारी फुआ के साथ होने लगा था।

फुआ इतनी पुरानी, इतनी पुरानी थीं, कि माँओं, चाचियों से उनके बारे में सुना भर गया था। और उन्होंने भी बस यही सुना था, कि कभी एक दिन बड़े लोग जाकर सुपारी फुआ को उसकी ससुराल से वापस मायके ले आये थे, तब से वह यहीं थीं।

एक विराट् पुश्तैनी गंगाल की तरह फुआ पीढ़ी-दर-पीढ़ी घर के लोगों को इस नसीहत के साथ विरासत में दी जाती रही थीं कि कई साल पहले इसी घर में जनमी विधवा सुपारी फुआ की इज्जत इस घर की इज्जत भी थी। बरसों सफेद गाढ़े की धोती में लिपटी सुपारी फुआ घर के एक चुप्पे कोने में गावतकिए की तरह पड़ी रहीं।

किसी ने यह भी बताया था, कि शुरू में जब सुपारी फुआ को लाया गया था, तो लोगों ने कहा था कि वह ज्यादे टिकेंगी नहीं। ससुराल की उपेक्षा और विधवा के आचारों से सुखायी गयी उनकी देह में उनके प्राण लगता था कि बस मायके की देहरी देखने भर की खातिर अटके हुए थे। उनके कानों की लोड़ियाँ पलट चुकी थीं, और नाक भी टेढ़ी हो गयी थी जिसे देखकर जानकार बूढ़ियों ने कहा था कि हा! लड़की की जात—अब चली यह, कि तब चली!

पर सुपारी फुआ के प्राण मायके आकर जो पलटे, तो शायद उलटना बिसार गए। बड़े बताते थे कि गाय की सौं, आज कुछ नहीं, तो सौ से पाँचेक बरस ऊपर ही होंगी फुआ। कुचैले कपड़ों की यह मूक गठरी आज से सौ बरस ! पहले कैसी

रही होंगी, इसकी कल्पना खुद सफेद सर वाले बड़ों को भी नहीं थी। फुआ खुद तो अपनी पहली कसम के बाद से न पूछतीं न बोलतीं।

उनके बारे में जिसे जो मालूम था सब पहले वालों से सुना-सुनाया ही था।

कसम का यह, कि सुनते हैं सुपारी फुआ के पति के मरने के बाद ससुराल में उनको बहुत बुरा-भला कहा गया, जैसा तब हर किसी विधवा को सुनाया जाता था। फिर वे तो शायद निपूती भी रही आयी थीं। कुछेक जनियों के अनुसार उनकी एक बच्ची बहुत बालपन में, पति की मौत से पहले हुई थी, जो कि सौरी में ही जाती रही। पर अधिकतर का कहना था, कि वे निपूती ही रही आयी होंगी, वरना क्या ऐसी कठकरेजी होतीं, कि जेठ के बच्चों में से किसी को गोद लेकर अपनी लग्गी ससुराल में रोपने से इनकार कर देतीं? सुना गया था कि गोद लेने की बात पर उनके इनकार से ही तकरार बढ़ी थी, और बढ़ते-बढ़ते मारपीट और अँधेरी कुठरिया में लंघन कराने तक उतर आयी थी? नहीं क्या? पता? सुनी सुनायी ही ठहरी यह भी।

बहरहाल फुआ काफी दिन तक काफी कुछ सहती रही थीं, फिर घोर बीमार पड़ गयीं। उस इलाके के अपने बिरादरी वालों ने भीतर-भीतर खबर भिजवायी तब गैरत के मारे मायके वाले अभागी को बस मरने भर को उठा लाये। यह भी सुनते हैं, कि फुआ की माँ ने उनसे, जो भी उनका तब घर का नाम रहा होगा, लेकर उसी घड़ी कुछ ऐसा-सा कहा था कि लली, मायके की रोटी तोड़नी है, तो आँख-कान पर लगाम देकर इस चमड़े की जीभ पर तुझे पट्ट ताला जैसा डालना होगा।

कहते हैं तबीयत तनिक सँभलने पर एकादशी की पूजा के दिन सुपारी फुआ ने पूजाघर की एक चिकनी सुपारी मुँह में दबाते हुए अपनी माँ से भौजाइयों की उपस्थिति में कहा था, कि अब वे संन्यासिनी की तरह ही रहेंगी, एक टैम खायेंगी, अलग कुठरिया में रहेंगी। उनकी नाला-फरियाद जो भी है, सो ऊपर जाकर ही होगी, बस उन्हें घर की इज्जत की तरह सिर छुपाने को ठौर मिलता रहे। बाकी सबके लिए उनकी आँख-कान आज से बंद, और उनकी जीभ जो है, उस पर ताला हो गया, आज से। भगवान की सौं।

शायद उस वक्त लोगों ने यकीन नहीं किया होगा कि उनका मतलब सच्ची में वही था जो कहा। क्या पता? यह भी हो सकता है तब किसी ने खास ध्यान

दिया भी न हो। ससुराल से मायके वापस लौट आयी निपूती विधवा लड़की की बात पर उन दिनों ध्यान कौन देता था? बाद को, बहुत बाद को, शायद सबको याद आयी हो यह कसम। उस बखत, जब महतारी-बाप के मरे तक में सुपारी फुआ न चीखी न चिल्लायी। न उसने बैन-ऊन किये, न अपना हिस्सा-पाटी ही जायदाद में माँगा। बस चुपचाप मुँह ढककर कोने में पड़ी रहीं। मायके और ससुराल के परिवारों के विद्वेषी दुश्मनों ने खूब फुसलाया, सुना कोर्ट-कचहरी का खर्चा-पानी पूरा उठाने का लालच भी दिया, कह कह के, कि लली करोड़ों की जैदाद छोड़ गये हैं तेरे माँ-बाप, सास-ससुर सबके लिए। और अब तो नये हिंदू कानून में विधवा बहू-बेटी का जैदाद पर पूरा इश्टाम्प वाला हक्क बनता है। चल आगे बढ़, हम दिलाते हैं तुझे। पर फुआ सोंट खींचकर अपनी सुपारी चुभलाती अपने कोने में बैठी ही रही। आखिरकार कुढ़कर आग लगाने के इच्छुक-जन, 'मरे फिर हमारी बला से, हमारा क्या, हमने तो अपना कर्तव्य समझकर नेक सलाह दे दी। भाई-भौजाई कितने दिन किसके?' आदि कहकर अलग हो लिये।

तभी से उनको घर में सब सादर सुपारी फुआ कहने लगे थे। ससुराल से तार पहले ही कट गये थे। महतारी-बाप के बाद फुआ का घर का नाम क्या था यह भी सब भूल-भाल गये। याद रखते भी तो क्या होता? मायके में ससुराल के बँटवारे के मौकों पर चुप रहने के बाद कौन उनका दाय-भाग पर दस्तखत लगना था? किसे उनसे सिर से सिर जोड़कर बैठना था?

जितनी बार घर की सम्पत्ति के बँटवारे हुए, फुआ उनका हिस्सा बनीं। एक बँटवारे में फुआ यहाँ से वहाँ भेज दी जातीं, दूसरे में वहाँ से यहाँ। एक तो हर खेप में दो-चार दयावती, लायक बहुएँ निकल ही आतीं, फिर फुआ खाती भी बहुत कम थीं, और सोती और भी कम। एक कोने की दरकार भर थी उन्हें। जहाँ भी वे जातीं अपने काम से काम रखतीं। इसलिए पीढ़ी-दर-पीढ़ी वे घरवालों को खास भारी नहीं पड़ीं। घर की हर पीढ़ी में छोटे बच्चों की माँएँ होतीं ही। वे इधर-उधर जातीं ही। बड़ी-मुंगौड़ी-अचार भी बनते ही, और धूप में भी वे रखे ही जाते। तब फुआ सबकी निरंतर मूक, लालचहीन निगरानी के काम आतीं।

धूप में बैठती, बारिश से बचती-बचाती, फुआ धीमे-धीमे एक कागज से काटी हुई तसवीर की तरह बनती चली गयीं। न उनके गुण दिखते थे, न दोष। सिर्फ वह ही वह। पर जैसा कि हमने शुरू में कहा; भारी से भारी बटलोई की पेंदी भी कभी अजाने कारण से चूने लगती है। फुआ के चपटे कट-आउट में से भी एक दिन

अचानक धीमे-धीमे बुदबुदांहटें निकलने लगीं। पहले क्षीण-सी, फिर डरावनी और सुनी जा सकने वाली।

शुरुआत उस दिन हुई जब सुबह-सुबह घर के लोगों को सहन में फुआ तुलसी के पास औंधें मुँह पड़ी मिलीं।

छन भर को सबको लगा कि अहा, चलो अच्छे मुँह से सुमुहूर्त में लग गयीं ठिकाने यह बेचारी। पर तभी देह में हल्की हरकत हुई जिसे एक पुरानी नौकरानी ने देखा, और कहा, कि नहीं, जान है अभी बूढ़ी की काठी में।

पाँच-छः जनों ने फुआ को उठा लिया और भीतर ले चले। सचमुच साँस चल ही रही थी। गिरने से मुँह पर अलबत्ता कुछ मिट्टी लग गयी थी, चेहरे का एक हिस्सा भी कुछ टेढ़ा-सा हो गया था। पर दम था। और थोड़ी देर बाद फुआ ने आँखें भी खोल दीं। जिन्होंने फुआ को सहन से उठाया, उनका कहना था कि कपड़ों की गठरी बनी फुआ की देही वैसी सूखी साखी नहीं थी, जैसी वो समझते थे, बल्कि पुरानी रुई की गुड़िया की तरह ढीली-ढाली और नरम थी। लिटाते बखत जब धोती उघड़ने से उनकी काँख उघड़ी तो दिखा, कि वहाँ गेंद जैसी लाल-लाल गिल्टियाँ फूल आयी थीं। फिर वे ढक दी गयीं।

कुछ छन बुआ अपने चारों ओर सबके चेहरों पर नजर दौड़ाती रहीं, जैसे किसी को नहीं पहचान रही हों, फिर वे बुदबुदायीं कि काँख में जलन के मारे ही वह बाहर तक गयी थीं। 'बाऊजी दवा ले के आये थे, कह रहे थे कि तूने फिर बाछी खोल दी और फिर वो सारा दूध पी गयी। अब से गुट्टे खेले तो खाना नहीं मिलेगा।' थोड़े क्षण बाद फुआ बुदबुदायी, 'कसम से, अब बाहर खेलने नहीं जाऊँगी। आराम है अब दवा से।'

थोड़ी देर बाद ही हमको समझ आया कि मूर्छा से उठी फुआ सौ एक बरस पार करके वापस अपने बचपन में घूमने चली गयी हैं। उस वक्त में जब शायद यह दालान नहीं बना था। उस जगह पर शायद गोंठ रहा होगा, जहाँ फुआ लोगों के समय में गायें बँधती रही होंगी। काँख की जलन से व्याकुल फुआ को लग रहा था कि उनके बाऊजी ने रात गये आकर उनके कमरे को फिर से पुराना सहन बनाकर उनके लिए पुराने, गोठ को दालान में फिर, जमा दिया था। 'मिट्टी में लेटी तो दवा से बड़ी ठंडक पड़ी'—इतना कहकर फुआ फिर नीम-बेहोश चुप्पी में लौट गयीं।

बाद को रात को घटना पर बात करते-करते हमें अचानक समझ आया, कि बात की धनी फुआ अब शायद कभी अपने कमरे से बाहर सहन में नहीं

निकलेंगी। जहाँ तक घरवालों की याददाश्त टटोली गयी, फुआ के जीवन की एकमात्र गतिविधि कमरे से सहन में जाकर टहलना और कोठरी में वापस लौटने की ही पायी गयी। कभी रात गये भी नींद न आने पर भी वह वहाँ चुपचाप घूमती देखी जातीं। एकाध बार नई आयी बहुएँ या बच्चे रात गये सफेद धोती में लिपटी आकृति से खौफ खाकर चीख भी पड़े थे। पर धीमे-धीमे उनकी निशब्द खसखस भी रात की हवा में पुरानी चूलों वाले किवाड़ों के चरमराने की तरह घर के सन्नाटों का हिस्सा बनती चली गयी। समझदार लोगों ने यह भी कहा कि अच्छा ही है रात भर कोई सहन में चहलकदमी करता रहे, इससे उठाईगीर-चोरों की सेंध मारने की हिम्मत नहीं होगी। आजकल के लड़के बहुएँ तो घोड़े बेचकर सोते हैं। फुआ रात गये सहन में आती रहें तो अच्छा ही है।

पर जब फुआ ने कहा कि वे अब सहन में नहीं निकलेंगी तो यह शायद लड़के-बहुओं के प्रति गुस्से से नहीं कहा। मुँह में सुपारी दबाने के बाद से बाहरी दुनिया के साथ आँख-कान और जीभ का जो रिश्ता उन्होंने त्याग दिया था, यह उसी का अगला चरण था।

और इस चरण के साथ ही पूरा घर एक तकरीबन सौ बरस पुराने अपमानों का इतिहास दोबारा जीने लगा।

फुआ कभी अपने कमरे में दोनों हाथों से अपनी लगभग गंजी चित्तीदार चाँद पकड़े फुसफुसातीं सुनी जातीं कि उनके वे बाल न मूँडे जायें जो उनकी अम्मा ने बड़े प्यार से तेल मल-मलकर लंबे किये थे। कभी भयार्त खरहे की तरह दुबककर अस्सी-नब्बे बरस पहले पड़ रही मार से बचाती अपनी कुठरिया में भयार्त मूक मेमने सी घुटनों-घुटनों भागने की चेष्टा करती। उनकी अवश होती जा रही चाल से लगता था कि गिल्टियाँ उनकी रानों में भी निकल आयी होंगी। पर वे जाने कैसे घिसट-उसट कर अब भी अपना नहाना धोना-फरागत खुद ही कर लेतीं। यह भी अचरज का विषय था। दिन में फुआ कराहतीं भी न थीं, पर रात चढ़ते पर जब शायद काँखों और रान में ज्यादा टीसें उठती होंगी, तो फुसफुसाहटें उनके भीतर की किन्हीं दरारों से निकलकर प्रागैतिहासिक कीड़ों की तरह भीत पर गश्त लगाने लगतीं। हाय अम्मा मेरी, हाँ बाऊजी, अरे तुम्हारी हा हा खायी। अरे गोड़ धरब भउजी तोहार गोड़ धरब। जिन कहौ! जिन करौ! आवाज़ ऐसी लटपटा गयी थी कि अक्षर अस्पष्ट हो गये थे।

पर दर्द छुपाए न छुपता। कुछ वैसी भयावह सुरसुरी-सी उन्हें देखते-सुनते

सबको महसूस होने लगी थी, जैसी सपने में किसी को डूबते देखते हुए होती है। तुम डूबने वाले को बचाना चाहते हो, पर नींद ने तुम्हारे पैर जैसे मन-मन भर के कर दिये होते हैं। नींद का आईना तुम्हारी दुनिया में उसकी त्रासदी की परछाईं हू-ब-हू दिखाता जाता है, पर तुम उसे बचाना तो दूर, छू तक नहीं सकते।

बच्चे कभी जागते तो पूछते क्या फुआ अँगरेजी बोल रही हैं?

मौत के पास खिसकती सुपारी फुआ घरवालों के लिए मानो एक और बड़ा आईना बनती जा रही थीं। होते-होते उनकी हर फुसफुसाहट, हर कराह में बच्चों तक को घर के किसी बीते इतिहास की वे डरावनी और सम्मोहक छवियाँ दिखने लगीं, जो पीढ़ियों पहले दफना दी गयी थीं और फुआ जैसे-जैसे हम लोगों की दुनिया से दूर सिमटती जा रही थी, तैसे-तैसे सौ साल पीछे लौट गयी दुनिया में उसे दिन-रात वे सब दिखने लगे थे, जो हमारे लिए दिवंगत पितर थे, पर उसके लिए माँ-बाप-भाई-भावज और भतीजे-भतीजियों का जिंदा झुंड। बप्पा की घोड़ी को खरहरा करने, बग्घी से बचने, धान कूटने और बछिया की सानी करने जैसे ऐसे काम करने को वे उन्हें मनुहारती या टोकती रहतीं, जो बरसों पहले घर में किये जाने बंद हो चुके थे। फिर किसी रात बैठी-बैठी वे अपनी प्रेतों की उस दुनिया में ऐसे तीज-त्यौहार मनाने लगतीं, जो अब मनते भी नहीं। कभी अजीब सी आवाज में वे कुछ गाने का भी प्रयास करतीं। या शायद वह गिल्टियों के दर्द से उपजी कराहें थीं, जो दबाते-दबाते भी उनके दग्ध-विदीर्ण कलेवर से चूते हुए अदहन के पानी की तरह टपक ही तो पड़ती थीं।

रात गये उनकी यह तमाम फुसफुसाहटें सबके दरवाजों पर हल्की खरखराहटें पैदा करती रहतीं जैसे अंधे काकरोच अपनी सूंड़ों से गटर का रास्ता टटोल रहे हों।

पहले नई बहुओं ने शिकायतें शुरू कीं, फिर वे उनके पतियों ने अपनी माँओं तक पहुँचायीं। फिर माँएँ छाली कतरते, अनाज बीनते अपने सफेद कनपटी वाले पतियों के आगे बुड़बुड़ाने लगीं। पतियों ने वही किया जो उनसे पहले के पहले के पहले के पति भी करते आये थे; यानी खूँटी से कुर्ता उतारा, कोने से छड़ी उठायी और बाहर चल दिये। धीमे-धीमे घरवाले फुसफुसाहटों के भी आदी से हो गये।

बच्चों के लिए अब या तब कोई फर्क नहीं पड़ता था। क्योंकि बच्चे अभी तक

बड़ों की तरह समय की खौफनाक नदी में तैरने को नहीं उतारे गये थे। आपू-टापू या ऊँच-नीच या चूहा-बिल्ली खेलते-खेलते कभी गुलेल से छूटी कंकरी की तरह वे खिलखिलाते हुए भीतर बैठी फुआ से जा टकराते। पर फुआ न उन्हें रोककर फटकारतीं न ही दुलारतीं। पेड़ भी कभी अपने ऊपर बरसों से चढ़-उतर रहे गिलहरियों या चिड़ियों की जमातों से खेलते हैं?

पर हाँ, पेड़ का रिश्ता तो उन प्राणियों से रहता ही है। उनकी बटोरी गुठलियाँ, सुतली, पन्नी और मनके बूढ़े पेड़ की कोटरों में कहीं छुपे पड़े नहीं रहते क्या?

इधर फुआ अपने किवाड़ जाने कैसे उढ़काने लगी थीं—ज्यों गिरने को तैयार कोई बूढ़ा पेड़ बरसों से अपनी शाखों और कोटरों में छुपे जीव धरती को लौटाने लगा हो। पंछी खुद पेड़ का आसरा छोड़ नहीं देते और साँप दीमक भी उसकी कोटरों से भागते नहीं। अपने अंत से पहले एक दिन पेड़ ही उन्हें चुपचाप बर्खास्त करने लगता है। और जब यह होने लगे तो फिर कगार के टूटने का भयार्त इंतजार शुरू हो जाता है।

बच्चे अकसर बड़ों से पूछते कि वे क्यों बुआ के कमरे में नहीं जा सकते? बड़े लोग उन्हें डपटकर भगा देते। वे सब एक अनकहे कोरस में सोचने लगे थे कि अब सुपारी फुआ की मुक्ति हो जाती तो अच्छा था। पर इसे वाणी देने का साहस अभी भी किसी में न था।

अपने बीच में शुरू में इस दरवाजे उढ़काने की एक वजह बड़ों ने यह मानी, कि गिरने के दिन फुआ की काँखों में जो गिल्टियाँ पायी गयी थीं, वे अब रिस-रिसकर बड़ी बू देने लगीं थीं। पहले बच्चे उनकी खबर और उनका खाना लाते-ले जाते थे, अब बुआ ने उनको कष्ट न देने के लिए वहाँ उनका आना छेंक दिया होगा।

फुआ की ताकत के छीजते अब उनको नियमित रूप से साफ करना जरूरी हो गया था, क्योंकि एक दिन जो खाना देने गयी उसने पाया, कि धीमे-धीमे वे घिसटकर नहानघर तक जाने से भी लाचार हो चली थीं। अब बड़ों को मन मारकर हरकत में आना पड़ा। फुआ इससे कहीं लज्जित या दुखी जरूर थीं, क्योंकि सुना गया कि नाक पर कपड़ा रखकर जब उनकी सफाई पट्टी की जा रही होती, तो फुआ के गले से एक शर्म और खेद भरी घुरघुराहट-सी लगातार निकलती रहती थी। घर की पुरानी नौकरानी ने, जो घर की मालकिन की हमउम्र थी, हाथ उठाकर घोषणा

कर दी कि अपनी मिट्टी पलीद होने से पेश्तर फुआ जैसी जमीर वाली बूढ़ी अब इच्छामरण स्वीकार कर लेंगी, हाँ।

कुछेक दिन मृत्यु की प्रतीक्षा यूँ ही चलती रही। घर के बड़े फुसफुसाहटों के धिमाने पर रात चौकन्ने होकर प्रायः जाग पड़ते, पर वे लोग टार्च लेकर उठने को होते, कि फिर हल्की कराह आ जाती।

एक दिन एक पत्नी की दाहिनी आँख ने सुबह-सुबह फड़कना शुरू कर दिया और दाढ़ी बनाते वक्त किसी और बड़े का आईना गिरकर चूर-चूर हो गया, तो सबको फिर से लगने लगा, अब बस बेला आ ही गयी है।

बेला आ भी गयी थी।

उस दिन फुआ की सफाई को जो जनी गयी, उससे फुआ ने इशारे से कहा कि उन्हें फर्श पर लिटा दिया जाये। फुआ को लिटाकर पूरे घर के लोगों को तुरंत सतर्क कर दिया गया और एक-एक कर सब जन वहाँ जुट आये। फुआ के होंठ कुछ हिले। बहुत ध्यान से कान लगाकर सुनने पर लगा कि शायद वे कुछ ऐसा कह रही थीं कि अब मैं साँस नहीं लूँगी। और सचमुच उनका सीना उठना गिरना रुक गया। अंत तक फुआ बात की धनी रहीं।

पहले उनके पैरों ने जीवन को त्यागा, फिर जाँघों, पेट, कमर, सीना, काँख से गले तक धीमे-धीमे वे साँसें त्यागती गयीं। पुरानी नौकरानी हाथ जोड़े दरवाजे पर खड़ी राम राम जपती रही। एक युग का अंत हो रहा था। साँस की डोरी कटती जा रही थी। कटती ...

जैसे मरघट की शांत हवा उन सबके बीच से गुजरी हो, एक गोद की बच्ची अकारण बहुत जोरों से चीखकर रो पड़ी। और फिर कहीं एक किवाड़ जोरों से बंद हुआ।

एक छन को फुआ की पुतलियों ने चारों ओर घूमकर पूरे घर को देखा, ज्यों अपने दुख को आखिरी बार मापा हो, और फिर वे निश्चल हो गयीं। घर के कर्ता ने एक उसाँस लेकर फुआ की आँखों को मूँद दिया। सदी भर पुराने दुख की पथराई खाई में झाँकने का साहस उनमें से किसी को न था।

[अक्टूबर, 1993 : हंस]

अब्दुल्ला

पीले कमजोर से चेहरे वाला अब्दुल्ला नयी क्लास में पहली बेंच पर मेरा साथी बना। इस वाले स्कूल में दर्जा पाँच तक, स्कूल में लड़के और लड़कियाँ एक साथ पढ़ते थे, फिर लड़के दूसरे स्कूल में चले जाते। यानी जो दर्जा पाँच से आगे बढ़ने की हैसियत रखते थे।

अब्दुल्ला उनमें से न था।

हम यानी बहन और मैं नये-नये उस शहर में तबादला-सर्टीफिकेट लेकर स्कूली सत्र के बीच में आये थे।

कक्षा में चार जन एक लम्बी लकड़ी की बेंच पर साथ बैठते थे। अब्दुल्ला, गणेश, मोहन काना और मैं। हम चारों की एक ही बेंच थी। स्कूल ईसाई पादरिन मेमें चलाती थीं। प्रिंसिपल एक अमरीकी मेम थी, मिस वेस्ट। उसके फूले-फूले चेहरे पर दो भूरी आँखें ऐसी लगतीं जैसी खमीरी नान पर किशमिश चिपके हों। डिसिप्लिन की वह सख्त पाबन्द थी, और तनिक बदमाशी करने पर रूलर से हाथों पर मारती—सड़ाप-सड़ाप।

छुट्टी की घण्टी बजने के बाद जब हम सब हवा के वेग से घर भागने को तैयार होते तो भी अब्दुल्ला उदास चेहरा लिये धीमे-धीमे किताबें-कापियाँ बस्ते में ठूँसता रहता। उसे देखकर लगता था कि वह घर जाना टालना चाहता है, जितनी देर हो सके।

तुझे जल्दी नहीं रे?

मुझे कौन ढूँढ़ेगा बिन्नो? यह कहकर वह हंस पड़ा था। ऐसी हंसी जो रोने से भी ज्यादा डरावनी थी।

अब्दुल्ला से मुझे डर लगता था।

अब्दुल्ला के बिना मेरा दिन नहीं कटता था।

तमाम अनिच्छा के बावजूद खारे आँसू निगलकर भी मैं उसकी दोस्ती थामे रखती थी कसकर। वह कनफटा, हेठा था दूसरों के लिए। पर मेरा तो वह पक्का दोस्त था। उसी ने पहले पहल कहा था कि मेरी तरह उसे भी कभी-कभी सब बड़ा खराब लगने लगता है। घर-सड़क-स्कूल सब। क्यूँ होता है हिन्दू और मुसलमान एँ? दंगा होगा ना तो तू और मैं भी स्यात् छुरा यूँ घुप्प से मारेंगे एक-दूसरे को। मैं देख चुका हूँ। हाँ। मेरा चचा दंगे में अपने ही गलीवालों के हाथ मरा था। पुलिस क्या करेगी? कुछ नहीं। तुम्हारी मुर्गियाँ उठा ले जाएगी उल्टे जाते-जाते।

अब्दुल्ला से मुझे डर लगता था।

अब्दुल्ला पहला दोस्त था मेरा, जो पुलिस से चिढ़ता था। मेरे मामू पुलिस के आला अफसर थे। ननिहाल जाने का मतलब हमारे लिए होता लम्बी मूँछों वाले पुलिस के अर्दलियों की गोद में खेलना, फर्रर से लाल बत्ती वाली मामूँ की कार में उस चौराहे से गुजरना, जहाँ खड़ा पुलिस वाला हमें खट्टदेनी सलूट करता। हमें पान का पत्ते-सा फेरने वाले गारद लोग क्या मुर्गीचोर होंगे? ख़याल अजीब लगता। पर अब्दुल्ला झूठ नहीं बोलता था।

इसी से अब्दुल्ला से मुझे डर लगता था।

अब्दुल्ला का बाप एक होटल चलाता था। दुबला-पतला, चिन्ता से सिकुड़े चेहरे वाला आदमी। वह निरन्तर भारी देंगों में कड़छी घुमाता रहता या फिर एक नीमगंदे गमछे से अपने सीने का पसीना पोंछता। उसकी आवाज भारी और गरगरी थी, और अब्दुल्ला उससे थर्राता था। अब्दुल्ला के साथ एक बार मैं उसके बाप के होटल के पिछवाड़े के कमरे में गयी और मैंने मक्का-मदीने की फोटो देखी, जिसके नीचे अब्दुल्ला की फटी कथरी बिछी थी। सोने से पहले उस पर वह रोज रात अपने अल्ला मियाँ के आगे दुआ करता था, कि अल्ला उसके गुनाहों को माफ करे लेकिन उसको जीते जी कुत्ते की जिन्दगी जीने पर मजबूर करने वाली सौतेली माँ को कतई नहीं, जिसने कि कसम कुरान मजीद की, बिन्नो, इस पूरे शहर में सबसे सख्त दिल पाया है। उसे पूरा यकीन था कि आकबत के रोज़ शहर में तमाम कब्रगाहों के मुँह खुल जाएँगे, और जो है सो के भोपाल से शाहजहाँपुर तक के सारे मुर्दे कब्रों से निकल के अपना हिसाब माँगेंगे, और तब उसकी माँ अपना कफन परे कर के अब्दुल्ला के बाप से पूछेगी कि क्यों म्याँ, मेरे इकलौते लख्ते जिगर अब्दुल्ला को तुमने उस कसाइन को कैसे सौंप दिया? बोलेगी, भोपाल से जेइ जवाब वसूल करने आयी हूँ मैं म्याँ।

फिर मेरा अब्दुल्ला, टीचर के दस-दस रूलर हाथ पर हँसते हँसते झेल जाने वाला वह शेर अब्दुल्ला, फफक कर रो पड़ा था। और हम दोनों ने मक्का मदीने की फोटू के आगे अल्ला मियाँ से एक साथ दो जानूँ बैठ के दुआ माँगी, कि अब्दुल्ला की सौतेली माँ को कीड़े पड़ जाएँ, उसे कोढ़-चकरी फूटे, नाक सड़ के सड़ा टमाटर हो जाए, दीदे फूट जाएँ, और तब बस इस्टाप पर वो नाक से गुँगुआ-गुँगुआ के भीख माँगे। दें दें अल्लां कें नांम और हम हँसते-हँसते लोट-पोट हुए।

अगर्चे ये न हुआ तो, और अगर्चे उसी वक्त बड़ी बहन ने आखें यूँ तरेर के न देखा होता, कि मेरा कलेजा हलक में फँस जाए, और अगर्चे कि खींच के घर ले जा उसने मेरी चुगली खाके पिटाई न लगवाई होती, और अगर्चे अम्मा ने न कहा होता कि "जानती नहीं कहाँ वे लोग—कहाँ हम, तो मैं शायद अब्दुल्ले का यकीन न करती कि दुनिया साली जो है बिन्नो, बड़ी हरामी चीज है।"

अब्दुल्ला से मुझे डर लगता था। अब्दुल्ला बिना मेरा दिन नहीं कटता था।

वह शहर जहाँ हम तबादला होकर आये थे, एक छोटा-सा कस्बानुमा शहर था, जहाँ ऊनी कालीन बुने जाते थे। वहाँ हमारा एक पुरानी लखीरी लाल ईंटों से बना बड़ा-सा उजाड़ होते वाला बँगला था, जिसके चारों ओर मेहँदी की रविशें और मधुमालती की लतरों के कुंज फैले हुए थे, गुलाब इतने ज्यादा और घने होते थे, कि माली उन्हें हँसिए से बेदर्दी से ऐसे काटता, ज्यों बाजरे की फसल अगोर रहा हो। भीतर ऊँची-ऊँची छत के पास रोशनदान में बेवकूफ कबूतर गुटरगूँ करते छोटे मांस के लोथड़े से अपने बच्चे घोंसलों से टपकाते रहते, और हाते में रात को एक नककटी चुड़ैल फिल्म महल के गाने गाती हुई घूमती थी।

अब्दुल्ला की खौफनाक दुनिया चुड़ैलों और जिन्नातों से पटी पड़ी थी। वह कहता था कि उसका बाप भी अँधेरा होने पर खूँखार जानवर बन जाता है। कसम विद्या माई की बिन्नो, उसने खुद अपने कानों से अपनी सौतेली माँ को चिल्ला कर कहते सुना है।

क्लास का मोहन काणा, जिसकी कनपटी में पार्टीशन के वक्त डेराँ गूजराँवाला से भागकर आते हुए लगा एक छर्रा अभी भी कान के पीछे गड़ा हुआ था, खीं-खीं हँसता है। कहता है औरतें भी जिनावर हो जाती हैं रात को। अजी उसकी बुआ ने उनको पार्टीशन के वक्त खुद अपनी आँखों से इंसानों को जिनावर बनते देखा जी, जब से वो पगली हो गई है और पूनो की रात को वो भी अक्सर

नंगी होकर चाँदनी में खड़ी हो जाती है और चाँद को देख कर भेड़िए की तरह हूँ··· हूँ··· करती है। घर वाले उसे जिनावर की तरह मार-मार के बिहोश कर देते हैं, फिर उसकी माँ रोते-रोते बुआ को शलवार पिन्हाती है, कुरता पिन्हाती है। बड़े समझते हैं कि जब उनकी आँखें बन्द हों तो उनके बच्चे सो रहे होते हैं, पर वे सच्ची-मुच्ची थोड़े ही न सो रहे होते हैं।

अब्दुल्ला कहता है, बिल्कुल ठीक।

रात, झींगुर, जुगनू, उदास दीवारों पर डोलती परछाइयाँ, चाँद को देख कर चिल्लाते और दीवारों की ओर मुँह किये चुपचाप रोते बड़े लोग।

मोहन और अब्दुल्ले की बातें सुनते-सुनते मुझे शहर से, माँ-बापों से, स्कूल से, सड़कों से और भाई-बहनों से खौफ-सा लगने लगा।

शहर में अजीब-अजीब बातें भी तो होती रहती थीं। मेरे भाई के पैदा होने से ठीक पहले का दशहरा था, जब इसी शहर में दइया पागल ने हमारे पड़ोस में ही कोंच-कोंच कर वकील साहब को मार डाला था। अशर्फीलाल चपरासी कहता था कि दइया पागल के चेचेरे भाइयों ने वकील साहब को मोटी फीस दे के इजलास में ऐसा झूठा मुकदमा डाल दिया था कि दइया की सारी जमीन जायदाद कुर्क हो गई। और दइया की बीवी चार बच्चों समेत कुएँ में डूब मरी तब एक रोज दइया अपनी कथरी-मुठरी ले के सीधा शहर चला आया और वकील साहब के घर के सामने लैम्प पोस्ट के नीचे हाय दे के जो पड़ गया सो पड़ ही गया।

दिन और रात फटे बाँस जैसे गले से वह आकाश की ओर मुँह किए विलाप करता था—हाय मोरी दइया रे··· फिर गहरी साँस खींच कर कहता हांऽऽ मुंसीपल्टी के लोगों ने दुरदुराया-भगाया, पर थोड़ी ही देर में खजुलाहे कुत्ते की तरह वह पुनः बैठ कर काँपता हुआ अपना विलाप एक नल की तरह खोल देता—हाय मोरी दइया रे ··· हूँऽऽ, हाँऽऽ य।

छठे दिन वह गायब हो गया। सातवें दिन अच्छे-भले वकील साहब खत्म हो गये।

सच्चे दिल की हाय में बड़ी ताकत है बिन्नों। अब्दुल्ला ने कहा था। जिला शाहजहाँपुर से सीधी मक्का-मदीने जाती है सच्ची हाय। किसी को नहीं बख्शती यह। उसकी आँखों में यह कहते हुए दइया पागल की तरह एक पीली-पीली लौ जैसी जलती।

अब्दुल्ला को पूरा यकीन था, कि वह पढ़ाई खत्म होने के पहले ही ढाबे में फुलटाइम लगा दिया जाएगा। एक नौकर का खर्चा बचेगा न? फायदा भी क्या साली पढ़ाई से? उसका होंठ क्रोध से सफ़ेद लगता था। प्रिंसिपल ने अब्दुल्ले को फिर से हथेली पर स्केल से मारा था, क्योंकि उसके नाखून गंदे थे। "कैसे साफ़ रहे बिन्नो? स्कूल आने से पेश्तर और घर जाने के बाद दोनों टैम पतीले मलवाता है जालिम बाप राख से। ज्यूँ ही बस्ता उठाके स्कूल को जाने को होता हूँ, हरा धनिया लाने को दौड़ा देता है। मरेगा, मरेगा वो जालिम भी खून थूक-थूक के टी. बी. से" और अब्दुल्ले ने गटर में पिच्च से थूक दिया था।

उसके बाप को होती न होती, पर तभी हमारे यहाँ खबर आई, कि हमारी चाची को टी. बी. हो गई है। यह वाली चाची चिड़चिड़ी और दुबली-पतली थी, और वजह-बेवजह अपने बेकसूर बच्चों को धुनती रहती। उसकी आवाज़ में गुस्सा ऐसे भरा रहता था, जैसे लुहार की धौंकनी में हवा। मुझे पहले उसके बच्चों की सोच कर खुशी होने को थी, कि मुझे बिना माँ के अब्दुल्ले की पीली सूरत याद आ गई, और मैंने भगवान जी से कहा कि नहीं, चाची मरे नहीं।

मैं अब्दुल्ले को यह सब और चाची और उसकी टी. बी. के बारे में बता ही रही थी, कि बड़ी बहन ने क्लास में झाँका। उसे देखकर सिट्टी-पिट्टी गुम हो गयी, और मैंने डेस्क का ढक्कन उठा कर यूँ खड़र-बड़र करना शुरू किया ज्यूँ कुछ ढूँढ़ रही होऊँ।

"तेरी चाची मरेगी नईं।" अन्ततः अब्दुल्ले ने पूरा मसला गुनकर फतवा दिया था।

"क्यों?"

"क्योंकि तुम लोग अमीर हो ना।"

"पर तेरी माँ तो मरी थी ना तपेदिक से।"

"मेरी माँ गरीबी से मरी। तपेदिक नईं भी होता ना, तो भी मर जाती।"

बात मेरी समझ के परे थी, तो मैं सिटपिटा गई। मैं क्यों भकुए-सी मुँह खोले अब्दुल्ले के चेहरे को ताकती रही थी। उसने चिड़चिड़ा कर कहा, "तू सच्ची कह रहा है कि मेरी चाची नईं मरेगी।"

"नईं।"

अब मुझे पक्का यकीन हो गया कि चाची नईं मरेगी। अब्दुल्ला झूठ बोल ही नहीं सकता। कृतज्ञता से विगलित होकर मैंने उसका हाथ थाम लिया।

—

"तुझे एक खुशखबरी सुनाऊँ अब्दुल्ले, अभी किसी को नहीं पता।" अब्दुल्ला उत्सुकता कभी नहीं दिखाता था। उसने सपाट प्रश्न सूचक निगाहों से ताका—"क्या?"

फोन आया था कि, मेरे बाबूजी का प्रमोशन भी हो गया है और तबादला भी। अगले इतवार के बाद कागज आ जाएगा, तो हम सब के सब थोड़े ही दिन बाद पहाड़ वापस चले जाएँगे। अम्मा कहती है वहाँ बड़े बढ़िया स्कूल हैं, जहाँ हम सब अंग्रेजी पढ़ेंगे। और छुरी-काँटे से खाना सीखेंगे। इसीलिए तबादला ···

पर यह क्या?

"कमीनी!"

अब्दुल्ला का चेहरा अचानक स्याह और छोटा-सा हो गया। मेरा हाथ झटक कर वह तेज-तेज कदमों से चल दिया। मैं उसके पीछे भाग कर, उसका अधफटा कुर्ता पकड़ कर पूछना चाहती थी कि मैंने ऐसा क्या कहा जो ··· पर तभी बड़ी बहन आ गयी, और मुझे ऐसा दिखाना पड़ा जैसे अब्दुल्ले से मेरा कोई वास्ता ही न हो।

इसके बाद जितने दिन हम उस स्कूल में रहे, अब्दुल्ला मुझसे एकदम नहीं बोला। मैं कोशिश भी करती, तो वह दूर छिटक जाता।

जब हम नये शहर में पहुँच गये, तो कुछ दिन बाद एक मलगुजा-सा लिफाफा आया। खत में अब्दुल्ला ने सिर्फ एक शेर लिखा था, जिसका मतलब कुल मिलाकर था कि अमीरों से गरीबों की दोस्ती नहीं हो सकती, जैसे कि कागज के फूलों से खुशबू नहीं आ सकती।

मैंने तुरन्त बैठ कर जवाब लिखा। अब्दुल्ले, सिर्फ इसलिए कि तू लड़का है, तू सोचता है कि बस तू ही मिजाज दिखा सकता है?

मेरे पास अब्दुल्ले का पता नहीं था। लिहाज़ा खत बिना पता लिखे ही पोस्ट कर दिया गया।

[मार्च, 1994 : कहानी]

विष्णुदत्त शर्मा* के लिए एक समकालीन नीति कथा

यह बहुत समय पहले की बात नहीं। नहीं, आपने जो सुना वह भी गलत नहीं। सफेद आइवरी-फिनिश के एक कार्ड पर सुनहरी छपाईवाले शीर्ष तले लिखा था, कि श्री और श्रीमती अंतर्राष्ट्रीय विश्व संगठन बहुत स्नेह के साथ मुझे दोपहर के भोजन पर आमंत्रित करते हैं। छपे कार्ड के ऊपर श्री की सेक्रेटरी ने रोशनाई से पुनः लिखा था कि इस भोज का आयोजन विश्व-गरीबी की पड़ताल करने को आये अंतर्राष्ट्रीय शिष्टमंडल के स्वागत में किया गया है।

दरवाजे के बाहर जून की हौंकती दोपहर थी, हवा में आग लगाते गुलमोहर और सुन्न भौचक्की सड़कें। दरवाजे के भीतर शांति, ठंडक और ईरानी गलीचों पर सजा चमचमाता महोगनी का फर्नीचर सजा था। श्रीमती अ. वि. सं. का प्रौढ़ चेहरा एक नकली दाँतोंवाली उज्ज्वल मुस्कान से उद्भासित हुआ। मेरा हाथ पकड़ कर उन्होंने ऊपर-नीचे आगे-पीछे कुछ देर झुलाया और बताने लगीं कि वे कितनी खुश थीं मेरे आने से।

भद्र वेटर की पीठ पर, जो चाँदी की गोल ट्रे बगल में दाबे बिल्ली-चाल से आया। बरसों के आतिथ्य-संस्कार से उपजा एक हलका कूबड़ था 'सर?' उसने पूछा।

"नीबू-पानी और खूब बरफ।" सुदूर उत्तराखंड में जनजागरण कार्य करनेवाले गैर-सरकारी संस्था के मसखरे प्रतिनिधि ने उससे कहा। वे निश्चय ही यहाँ पहले कई बार आ चुके थे, क्योंकि फिर उन्होंने वेटर से उसकी ठेठ मातृभाषा में भी कुछ जोड़ा। वेटर के चेहरे की भद्र झुर्रियाँ खुलीं-बंद हुईं। यहाँ खड़े हो कर

*पंचतंत्र के लेखक

हँसना या मातृभाषा में बोलना या किसी को भी जवाब देना, उसकी वेटरी-मर्यादा खंडित करता। यह बात हम सब जानते थे। इससे उसका अदब भरा मौन स्वीकृत हो रहा। और प्रश्नकर्ता पहाड़ी अंचल की महिलाओं में आत्मछवि के विकास पर धाराप्रवाह बोलते आमंत्रित लोगों को हँसाते चले गये।

उनकी अंग्रेजी में वैसा देशी खुरदरापन और पुरमजाक तेवर था, जो ग्राम्य ग्रास-रूट संगठनों को अंतर्राष्ट्रीय विश्व संगठन की फेडिंग दिलाता है। उनकी बदमजा बीड़ी की घास भी स्वच्छ कमरे को अगरबत्ती के धुएँ जैसी पवित्र लगती थी।

सूक्ति एक :

जीवों में जो जीव खुरदरेपन का कवच नहीं पहनेंगे, मारे जायेंगे। जो मुखौटा नहीं पहनेंगे, वे पहचान लिये जायेंगे। जो जितना खुला रहेगा, उतना ही वध्य भी होगा।

श्री और श्रीमती अब तक वापस आ कर मेहमानों के बीच आ बैठे हैं और अब उनकी अनुकंपाभरी मुस्कान हम सब पर बारी-बारी से कैदखाने की सर्चलाइट की तरह पड़ने लगी है। हरे-हरे परदों से हरियाले हुए कमरे में हर कोण सुखद है। दुख यों भी कोई भली चीज नहीं। मेदे में पित्त को जगाता है। भूख को भी मारता है दुख। हरे-हरे लिसलिसे थूक-सा दुख।

दूर कहीं कुत्ते भौंकते हैं। नासमझी से, गुस्से से, दुख से। क्योंकि वे कुत्ते हैं। बंद हैं। जंजीरों से जुड़े हैं।

मेरे पास एक मेज है, मेज पर एक भारतीय पत्रिका पड़ी है, पत्रिका अंग्रेजी में है और उसके मुखपृष्ठ पर सिंदूर से पुती किसी ग्राम्यदेवी का एक चित्ताकर्षक चित्र छपा है, नीचे लिखी पंक्ति बताती है कि आवरण कथा भारतीय स्त्री-शक्ति के ग्राम्य स्रोतों पर केंद्रित है।

मैं पत्रिका देखने लगती हूँ, मोटी पत्रिका रंगारंग विज्ञापनों से भरपूर है, मुझे याद आया है अपना दुबला पीला जुझारू अखबार जिसे कम से कम इस कमरे में, कोई न पढ़ता होगा।

सूक्ति दो :

जीवलोक में विज्ञापन होते हैं वातानुकूलित कमरे में पढ़ी जाने योग्य पत्रिकाओं

की ही धरोहर, (ग्राम्य चौराहों पर पढ़े जानेवाले पत्रों में विज्ञापन-पात्रता कहाँ?)

वैसे ग्राम्य-तत्त्व का मोह कमरे के कई कोनों में मौजूद है, गाँव-ही-गाँव छाया है, संयोजित रोशनी के भाले से बींधकार सजायी गयी मूर्तियों, तस्वीरों, हाथ के पंखों, मट, मनकों-कौड़ियों से जुड़े खिलौनों में। पर बंद कमरे में चीजें, धूल और बाँस से कतई मुक्त हैं। बंद किवाड़ों के पीछे न प्रदूषण हैं, न दुर्घटना की संभावना। जब गाँव खत्म हो जाएँगे, तब भी ये कला-रूप इतने ही अक्षत् रहेंगे और इतने ही रंगारंग, गाँव नश्वर हैं; सजावट बन चुकी कला अजर-अमर।

कुत्ते फिर भूकते हैं, वे भीतर कहीं दूर कमरे में बंद हैं।

सिर्फ कुत्ते ही बंद कमरों का विरोध क्यों करते हैं?

बँगले में घुसते वक्त मैंने फाटक पर पढ़ा था, 'कुत्तों से सावधान' और देखा था कि उस लंबे-चौड़े हाते के चारों ओर ऊँची दीवार पर लोहे के खंभों के सहारे काँटेदार तारों का अवेध्य घेरा खींच दिया गया था। वर्दीधारी गॉर्ड न शहरी लगता था न देहाती, वह बस एक खूँखार खाकी वर्दीवाला बंद कमरों और कला का रक्षक बंदूकची था। खुले कुत्तों के कोप के बारे में सचेत करता हुआ।

कलकत्ते के झोंपड़पट्टी इलाकों में विकास का काम करने वाली संस्था की सुंदरी अध्यक्षा खाने की टेबल पर मेरे सामने बैठी हैं। खानदानी रत्नों से महिमा-मंडित हैं—उनके गले-कान, कलाईयाँ, सब स्कूली बच्चियों की स्थायी पुलकयुक्त उत्सुकता उनका स्थायी भाव है। उनकी आवाज है तीखी और हिस्टेरिकल! ठेट बच्चों की तरह बातचीत बीच रुक कर उत्तेजना से मछली की तरह उनका मुँह निःशब्द बंद होकर चुकी जाती साँस को धौका देता है।

उनसे बात करते श्री अं.वि.सं. का चेहरा भी पितृतुल्य वात्सल्य से भीगा-भीगा हो आया है।

बिना मेजबान से अपनी बातचीत का विराम दिये उपरोक्त गुणों वाली अध्यक्षा ने मुझे बताया है कि नहीं, उनका अपना दफ्तर झोंपड़पट्टी एरिया में नहीं, वहाँ की गलियों में कार पार्क करना और चलकर पहुँचना नामुमकिन है। उनका दफ्तर चौरंगी में है। जहाँ वे सप्ताह में पाँच दिन बैठती हैं, उनके कार्यकर्ता उनसे जब चाहे संपर्क कर सकते हैं, दस से पाँच के बीच, सप्ताह में पाँच दिन। आपको कभी आकर देखना चाहिए हमारे युवा कार्यकर्ताओं की ऊर्जा, उनका उत्साह, वे मुझसे झनकारती अंग्रेजी में कहती हैं। हर शुक्रवार को उनके कार्यकर्ता हारमोनियम

पर झोंपड़पट्टी के युवा-क्लब के सदस्यों के साथ रवींद्र-संगीत, नजरुल-गीत और बाउल-गान गाते हैं। बी. बी. सी. ने उसकी डाक्युमेंटरी भी दो-दो किस्तों में दिखायी।

मेरे बगल में बैठा भूतपूर्व पीस-कोर बालंटियर और आज की तारीख में दूतावास का ऑफ्टरशेव, से महकता एक उच्च पदाधिकारी प्रमुदित अनुमोदन करता है। आपको वहाँ जाना ही चाहिए, वह कहता है। वह स्वयं अभी मदर टेरेसा के आनंद-ग्राम की पवित्र छैंया छूकर आया है। राजनीति में क्या रखा है ? वह यह भी कहता है।

मेरी पत्रकार-कनौतियाँ हैं कि लगातार मेज के दूसरे छोर की भिनभिनाहट को संपादित रूप देने की कोशिश किये जा रही हैं। वहाँ हमारे महान अंग्रेजी अखबारों और वित्तीय शोध संस्थानों के तेज-तर्रार अर्थशास्त्री बाहर से आये शिष्ट-मंडल के चतुर धीमानों के साथ फुर्तीले शास्त्रीय वाक्विनोदों में तल्लीन हैं। कुछेक अवकाशप्राप्त विदेश सचिव भी हैं, वे गटापार्चा के बबुओं की तरह अपने मलाई-मलाई चेहरों समेत बीच-बीच में टिप्पणियाँ जड़ रहे हैं, पर हमारी ओर की बातचीत है, कि मदर टेरेसा और ग्राम्य कला में ही कुलेलें भरी जा रही हैं। शायद ऋणदाता महादानी देशों के दूतावासों में लगे कंप्यूटर, ऋण लेनेवाले देशों में ऐसी महाभोजकालीन बतकही मेजों के आकार समेत सायास आयोजित कराते होंगे—पाँच फीट वित्तशास्त्रीय चर्चा ... तीन फीट ग्राम्य कला ... अढ़ाई फीट गैरसरकारी समाजसेवी संस्था ... पौने चार फीट ... ?

श्रीमती अं. वि. सं. अपना थका म्लान भद्र चेहरा उठाकर तमाम किस्म की बातें कटोरे की तरह धीरज से सँजोये जा रही हैं, उनका चेहरा ऊँची नस्ल-झबरी कुतिया की तरह अंतर्राष्ट्रीय रिश्तों के प्रति वत्सल और ऋणदान से अघाया हुआ है। 'बहुत ज्यादा पॉलिटिक्स है दुनिया में कुछ घटनी चाहिए।'

वे एक मुस्कान के साथ बताने लगती हैं कि वे कैसे अपने पति की इस पोस्टिंग के दौरान भारतीय कला का संकलन करती हुई उसके बारे में लगातार अपना ज्ञानवर्धन भी कर रही हैं।

जब पति का बनाया विकास का दानशील खाका लागू हो जायेगा तो ज्ञान बहुत काम आयेगा पत्नियों के, वे एक-एक किताब लिखेंगी।

बेस्ट सेलर लिखेंगी मेमें पूर्व की उस लुप्त होती कला पर, जिसे उनके पतियों के बनवाये बाँध तब तक पूरी तरह डुबो चुके होंगे।

ऊपर किसी अदीख कमरे में गुरु-गंभीर गर्जना से भौंकते उनके विशाल

कुत्तों के निनाद से मन में उपजी उपरोक्त अर्द्ध सूक्ति पर मैं शर्मिंदा होती हूँ नमकहरामी और किसे कहते हैं ?

सूक्ति तीन :

कुत्ते भूकते रहते हैं, सुधीजन खाते रहते हैं, क्योंकि दोनों का धर्म यही है, (पति डुबोते हैं, पत्नियाँ लहरे गिनती हैं, पैसे दोनों को भरपूर मिलते हैं अपने-अपने कर्म के।)

वैसे खाना जायकेदार है, शहर में बूचड़खाने बंद हैं, पर इस मेज पर जाने कहाँ से ला लाकर हर किस्म का गोश्त परोसा गया है। खाने के अंत में जो आइसक्रीम भरी हुई पायी तथा स्ट्रॉबेरी परोसे जा रहे हैं, श्रीमती अं. वि. संगठन बताती हैं कि वे उसे सीधे हवाई जहाज द्वारा अपने गृहदेश से मँगवाती हैं।

खाना खत्म होते-होते बातचीत हमारे लोकतंत्र में उभरती सांप्रदायिक हिंसा और जातिवाद पर रेंगने लगी है। मेरे बाजू में बैठा येल विश्वविद्यालय का अधगंजा अर्थशास्त्री बता रहा है कि शहरी समस्याएँ है और विकास के अवरोध से उपजती हैं, उनकी राय में गैट समझौता लागू होने के बाद शहरी समृद्धि बढ़ने से तनाव स्वतः छँट जायेंगे। हाँ, बस मानवाधिकारों की मशाल जलाये रखनी होगी। क्यों नहीं? बिरादरी का पेट इतना भर चुका है कि असहमति नामुमकिन है।

कॉफी आते-आते शिष्टमंडल के होटल वापस जाने का समय हो चला है। हमारे मेजबान कुर्सी खिसका कर उठ खड़े होते हैं। वाइन के प्याले पर चम्मच खनखना कर वे शांति के लिए संगीतमय अनुरोध करते हैं। लोग चुप होते हैं। तिरते राजहंसों सरीखे वेटर हम सबके जाम भरते हैं, वाइन से, फलों के रस से। जैसी आपकी श्रद्धा हो।

जाम भरे और पिये जाते हैं, अंतर्राष्ट्रीय शांति के नाम, विकसित तथा विकासशील देशों के बीच सुभग साझेदारी के नाम, गैट समझौते की सफलता की कामना के नाम।

फिर एक झुंड में भरपेट चर चुके गजराजों के उनीदें यूथ की तरह मेहमान धीमे-धीमे दरवाजे की ओर सरकने लगते हैं, बाहर बजरबंड धूप का क्षमाहीन उत्ताप फैला है। उससे मेहमानों को बचाने के लिए उनके काले शीशेवाली बुलेटप्रूफ एयरकंडीशंड गाड़ियों की कतार ऐन दरवाजे के बाहर क्रमशः बुलवायी जा रही है, "हलो ड्राइवर रामसिंह, गाड़ी पोर्च पर लाना ···"

हलचल की आहट पाकर भीतर कहीं फिर से मेजबान के वे खौफनाक कुत्ते भूँकने लग पड़े हैं, जिनसे गेट की तख्ती राह चलतों को सावधान करती है। हम राह चलते थोड़ी ना रहैं, पर यह बात कुत्ते क्या जानें ? इसीलिए उन्हें बंद कर दिया गया है।

'शटप' ? हमारा मेजबान कहीं शून्य की ओर मुँह करके कुत्तों से कहता है और फिर मुस्करा कर मेहमानों से हाथ मिलाकर भोज पर आने के लिए धन्यवाद देने में जुट जाता है।

अंतिम सूक्ति :

कुत्तों पर भरोसा कभी न करें।

वे भूकते भी हैं, और काटते भी हैं। दरबान चाहे जो कहे, (हाँ, इस लोकोक्ति पर भरोसा न करें कि जो भूकते हैं सो काटते नहीं।)

यों यह जरूर है कि कुत्ते जिस वक्त काटते हैं, उस वक्त भूँकते नहीं। क्योंकि जिस वक्त वे भूँकते हैं, अक्सर बँधे होते हैं।

[नवम्बर, 1991 : धर्मयुग]

चार दिन की जवानी तेरी

सम्पादक जी की ऊँचाई अधिक नहीं थी। पर काफी पतले थे। अतः हड़ीले जिस्म के कारण असली कद से कुछ लम्बे ही नजर आते थे। उनकी पतलूनें हमेशा पुरानी, घिसी हुई और तकिए के मैले लिहाफ की तरह एक आकारहीन ढीलेपन को लिए होती थीं। चलते तो फसड़-फसड़ बोलती। शायद उनको हाइड्रोसील था, या फिर कभी काफी तन्दुरुस्त रहे होंगे। अब उनका शरीर नाना बीमारियों का जखीरा था। शुगर, रक्तचाप, अंजाइना, नेत्ररोग।

"मैं जान पर जोखम मोल ले के नौकरी करता हूँ। बेटा स्कूल में है और बेटियाँ ब्याहनी हैं। डाक्टर कहता है स्ट्रिक्ट बेड-रेस्ट लो। पर अपनी तरफ के लोगों में तो आप जानते हैं चार-पाँच लाख से कम डावरी नहीं।" वे कहते, फिर अनावश्यक रूप से जोड़ते, "आऽऽ पकी, बात और है। सर पर माँ-बाप हैं, खुद यंग हैं। जोरू न जाता, अल्ला मियाँ से नाता।"

फिर वे हँसते जैसे कराह रहे हों !

जब-तब सम्पादक जी अपने कस्बे की भी चर्चा करते सुने जाते थे, जिसके लिए उन्हें कटिहार जंक्शन साइड से होकर जाना पड़ता था। उन्हें दुःख था कि दिल्ली आकर सम्पादकी करते हुए चना-आम-अमरूद-जामुन-फूट वगैरह का मौसम वहाँ बीत जाता है, और वे इनका रसास्वादन नहीं कर पाते ।

"घर से मँगवाते नहीं ?" लोग जान कर अनजान बनते हुए पूछते।

"नहीं, वो काछी को दे दिया जाता है ठेके पर !"

"तो वहाँ भी आपके घर का कोई ये सब चख नहीं पाता होगा।"

"ऐसा तो नहीं ! वे बताने लगते कि कुछ न कुछ ताजा तो काछी खुदै घर पहुँचा जाता है। पर वहाँ होओ, तभी। वर्ना भेजने-उजने को कौन–।

यहाँ तो चार रूपै पाव से नीचे टमाटरे नहीं। आम देखिए तो बीस रूपै किलो—लौकी तक—"

बातचीत ऐसे बिन्दु तक आ जाए तो प्रायः भटनागर जी तलखी से कह उठते, कि अब बाजार-भाव छोड़ मीटिंगें कर ली जाएँ ।

सम्पादक जी थोड़ी देर शांत बैठे रहने के बाद अखबार खींच कर चालू हो जाते — "एक तो कश्मीर का प्राबलेम है; फिर संसद का कल वाला वाक-आउट। पर वो हम लोगों के लिए अभी, यानी उस एंगिल पर लिखना ठीक-ठाक नहीं। ऐसा कीजिए कि कोई शोशल टापिक छाँट लीजिए—महाराष्ट्र ने लेडीज को सम्पत्ति—अधिकार ... "

"क्यों ? इति श्रूयते, हरिहर भाई ने आलपीन से दाँतों के बीच फँसी सुपारी का अन्वेषण करते हुए पूछ ही लिया, "क्यों संसद वाले मसलों पर नहीं ?" सम्पादक जी थोड़ी देर फिर चुप बैठे रहे जैसे किसी दैवी सिगनल के इन्तजार में हों, फिर धीरे से उन्होंने कहा, "ऊपर की बात !"

"तब फिर आप ही बता दीजिए कि किस पर लिखना है, छुट्टी हुई।"

यह रोज की नूरा-कुश्तियाँ थीं। सबको मालूम था कि अंततः दो प्रायोजित विषयों पर तिवारी जी बोलेंगे। जिनमें से एक पर वे लिखेंगे, दूसरा जो कोई ले ले। तिवारी जी सम्पादक जी के दाएँ हाथ थे, और शायद बाएँ भी। अक्सर जब-जब शेष लोगों से उनकी तगड़ी तकरार हो जाती, या लोग हठात् समवेत अघोषित छुट्टियाँ लेकर घर बैठ जाते, तो तिवारी जी दोनों अग्रलेख निबटा लेते थे।

निबटाना, जैसे भी हो, यह आफिस के कामकाज की स्थायी टेक थी। शेष सब अस्थायी। सब जानते थे, कि संपादकीय मीटिंग का दैनिक भ्रम बरकरार रखते हुए भी संपादक जी ज्वलंत राजनैतिक मुद्दों पर दब गई से लिखने की अन्य लोगों की कोई बात नहीं मानेंगे। गो ऐसा भी नहीं था, कि उनके सम्पादकीय सहकर्मी संवेदनशील मुद्दों पर दब गई से लिख ही मारते। उन्हें भी नौकरी प्यारी थी न ? लेकिन घट-घट व्यापी ऊपरवाले के भय से संपादक जी और तिवारी संपादकीय कक्ष में खुली चर्चा का भी जोखिम मोल नहीं लेना चाहते थे। लिहाजा रोज अपनी मरजी से ही विषय छाँट कर वे लिखवाते थे। लोग कभी लिख देते, कभी नहीं। उनमें न इच्छा बच रही थी, न उत्साह। 'दोनों हाथों से खोदो तो कभी मिट्टी की खदान भी खाली हो जाएगी', हमारी एक बालविधवा बुआ कहती थी। शायद कभी ये सब युवा रहे होंगे, उत्साही भी, पर बार-बार उलीचा जा कर वर्तमान अब उनके

लिए एक खाली गढ़ा भर रह गया था। कभी वे उसमें बार-बार पान के ऊपर बँधा पत्ता फेंक देते, कभी पीक थूक आते। उनकी आँखों से मैं बचता था, हरचन्द।

सम्पादक जी की चर्चाओं के बाद हाल में बातचीत का दूसरा प्रिय विषय था बीमारियाँ। जाने क्या बात थी कि दफ्तर के सब सीनियर लोगों को भयानक तकलीफदेह बीमारियाँ थीं, कम से कम उनकी बातों से तो ऐसा ही प्रतीत होता। भटनागर जी को अंजायना की तकलीफ थी, शुकुल जी की पीठ की हड्डी बढ़ गयी थी, गुप्ता जी को गैस्ट्रिक के डकार आते और शर्मा जी को क्रॉनिक कब्ज का अफारा बना रहता। 'उनकी बातें सुनते-सुनते लगता है कि हम किसी हस्पताल के जनरल वार्ड में बैठे हैं, अखबार के दफ्तर में नहीं।' मैंने जिद्दू से कहा।

"डर गए ?" उसने पूछा।

"डरा नहीं, पर डिप्रेसिंग तो है ही।"

"छुट्टी लेते रहने के लिए नाटक करते होंगे।" उसने आजिजी से कहा, "नहीं।" मैंने कहा। भटनागर बाबू तो एक बार बेहोश भी हो गए थे। मैंने और चपरासियों ने उठा कर मेज पर लिटाया था और तकिए की जगह सर के नीचे कामिल बुल्के का अंग्रेजी हिन्दी कोश रखना पड़ा था,। पन्द्रह मिनट बाद उन्हें होश आया था। चेहरा कागज की तरह सफेद। मैंने बताया।

"छोड़ो यार यहाँ पूरा मुल्क ही बीमार चल रहा है, तुम्हारे दफ्तर को लेकर क्या चिन्ता करें ?" जिद्दू ने कह कर बात का पटाक्षेप किया ।

"कैसा लग रहा है आपको !" मुझसे बड़े वात्सल्य से भटनागर जी ने पूछा। वे हमारे यहाँ सबसे सीनियर थे और चार-छः महीनों में रिटायर होने वाले थे। मकान बनवा लिया था, बाल-बच्चों को सैटिल कर चुके थे। पत्नी थी नहीं, सो बावजूद ब्लडप्रेशर के दफ्तर की राय में उन्हें चैन ही चैन था। तबीयतन अलमस्त व्यक्ति थे, बी. बी. सी. पर हर आधे घंटे का न्यूज बुलेटिन सुनते। कभी तरंग आई, तो मेज पर दिल्ली घराने का तोड़ा बजाते हुए पुराने संगीतकारों के किस्से सुनाने लगते।

"दिल लग गया दफ्तर में ?"

"मजाक करते हैं ?" मैंने दुःख से पूछा।

"मजाक की आदत जोशी जी, यहाँ जीने के लिए जरूरी है। हमने डाल ली, आप भी डाल लीजिए।"

"हमारे साथ रहके सीख जाएँगे।" किसी ने चेंपी दी। मैं सिहरा।

"श्श. . . !" किसी ने कहा। यकायक केबिन में सन्नाटा हो गया। बगल में तिवारी जी का कैबिन था, वहाँ से तिवारी जी की जोरदार खरखरी आवाज किसी को डिक्टेशन देकर संपादकीय पृष्ठ के लिए लेख लिखवा रही थी। मैंने मुँह खोला ही था, कि भटनागर जी ने हाथ हिलाया। चुप होकर मैं भी चाहते अनचाहते कमरे के श्रवण-षडयंत्र से जुड़ गया। अब सब कनखियों से परस्पर देखकर मुस्करा रहे थे।

"वही वाली है, क्या नाम था, सुतपा ?"

"नहीं यार शर्त रख लो, ये मंगला हैं, दरियागंज वाली !"

"नहीं समझे ?" किसी ने दोस्तानाभाव से समझाया ! "एडिट पेज पर दूसरा-तीसरा लेख इसी केबिन से डिक्टेट होके प्रेस को जाता है।" नोटिस करना, हमेशा फीमेल जेण्डर वाली बाई-लाइन होती हैं उस पर। जेण्डर-जस्टिस पर इनसे बेहतर राजधानी में कोई नहीं लिख - लिखा सकता।

ठहाका।

बाद को जबान खाते हुए मैंने जिद्दू को बताया तो उसने बुरा-सा मुँह बना लिया। उसका मूड इन दिनों खराब चल रहा था, हँसी की बात पर भी झुंझला पड़ता। उनके यहाँ भी सुनते थे, हालत पतली थी।

"तुम हिन्दी वाले डूब मरने की बातों पर जश्न मनाते हो !" – उसने कहा। मैं रुआँसा हो गया। बात काफी हद तक सही थी। माना कि संपादक जी और उनके कासगंज वाले चमचों की हरकतें कतई गैर-व्यावसायिक और गिरी हुई होती थीं; लेकिन जिस तरह अपनी बेटियों की शादी के बहाने वे अपनी शर्मनाक चुप्पी और घिघियाहट के हर नए रिकार्ड को अपना नैतिक उत्तरदायित्व बना कर रख देते थे, वैसे ही संपादक जी का पतनशील अस्तित्व हम सबके लिए भी लगातार अपनी घटिया और ओछी हरकतों को जायज बनाने का बहाना बनता चला गया था। हम सब बड़ी लापरवाही से ड्यूटी की, आफिस के समय की, अपने डेस्क का काम निबटाने की ऐसी-तैसी करती रहते, और शेष वक्त या तो सम्पादक जी की आलरेडी लड़खड़ाती टाँगें खींचने की खरी-खोटी जुगतें भिड़ाते या हॉल में यदि कोई बन्दा कहीं अपने काम को तवज्जो दे रहा होता, तो गोलबन्द होकर हम उसका नैतिक बल क्षीण करने में जुट जाते। इस तरह हम रहते तो निरंतर व्यस्त थे, लेकिन काम दफ्तर में धेले भर का नहीं होता।

विभागीय चपरासियों ने भी अराजकता के इस माहौल में खुद को अच्छी

तरह फिट कर लिया था। वे हमेशा या तो सीट पर बैठ कर टाँग हिलाते, एक दूसरे पर फोहश रिमार्क कसते, या लॉटरी जीतने की जुगतें भिड़ाते देखे जा सकते थे। दूसरों की चिट्ठियाँ पढ़ना, अनुपस्थित लोगों के लिए आए टेलीफोन पर उल्टी - सीधी बातें कहना, विभाग में आम शुगल की तरह व्याप्त थे। संपादक जी कभी लड़खड़ाते से आते, तो वे उठकर खड़े भी शायद ही होते हों। अलबत्ता तनिक-सा बहाना मिलते ही माँ-बहन की गालियों पर उतरना उनके लिए कठिन नहीं था।

मुझे अपने आप से शर्म आने लगी। सीढ़ियाँ चढ़ कर अपने फ्लोर तक जाते-जाते लगा यहाँ मेरा-हमारा जीवन कितना खाली है। कितना बेवजह ठनठनाता हुआ। बेरोजगारी और महँगाई के इस समन्दर में हमारा दफ्तर दूसरों की नजरों में एक सुनहरा टापू होगा, पर वे शायद नहीं जानते थे, कि इस टापू पर बने रहने की कीमत कैसे एसिड की तरह हमारी आत्मा की पर्तें खाए जा रही थी। भटनागर-शुकुल की राय में तो समंदर में डूबते समय आत्मा-ऊत्मा की कौन सोचता है भाई ? लेकिन फिर भी।

मुझे नहीं सिनीकल बनना इन बीमार बूढ़ों की तरह । मैं युवा हूँ। एक पवित्र पूजा की तरह काम में लगूँगा। मैंने सर झटकाकर सोचा। और मेरा मन कुछ सरसाया-सा। लिफ्टमैन झा सीढ़ियाँ उतर रहा था– 'कैसे हो भइया ?' उसने नरमी से पूछा। बिल्डिंग के तमाम चतुर्थ श्रेणी कर्मचारियों में एक यही बन्दा निर्विवाद रूप से भला आदमी था। इसी से उसे कभी प्रमोशन नहीं मिला, और अब तो उसने उम्मीद भी छोड़ दी थी। लंच ब्रेक में भी लिफ्ट में अपने ऊँचे स्टूल पर बैठा वह प्रायः कोई धार्मिक किताब धीमे-धीमे बुदबुदाता पढ़ता रहता। एक बार शुरू में नरमी से मुझसे कह भी गया था, कि 'यहाँ के चपरासियों से न उलझूँ। सब ऊपर वालों के आदमी हैं, भइया ! पेस्टिंग के विलियम की तरह देखते-देखते चाकूबाजी पर उतर आएँगे, तब भी उनको कुछ नहीं होगा। आप तो अपनी इज्जत बचाओ, उनसे अदावत-बहस मत करो !'

मैंने कलम खोली, सफेद कागजों की ढेरी अपनी ओर खींची, और आवाज में जितनी प्रौढ़ता ला सकता था, लाकर भूरेलाल चपरासी से जनसंख्या वाली फाइल ला देने को कहा। उसने अनसुनी कर दी। तब मैं खुद लायब्रेरी जाके इशू करा लाया, और अपने मन को जनसंख्या नियंत्रण रपट के सरकारी मसौदे में डुबाने का जतन करने लगा।

कंधे पर भारी हाथ पड़ा। 'अरे जोशी जी, कामकाज छोड़िए, किस्सा सुनिए ताजातरीन !' शुकुल की छोटी-छोटी भूरी आँखें शरारत से चमक रही थीं। बिना रुके एक साँस में वे बताते चले गए कि आज कैसे मीटिंग में फिर 'फाइट' पिकप करी गई। भटनागर जी ने कहा कि नीदरलैण्ड से जो गाय, सुअर और मुर्गियों का गोबर आयात हो रहा है उस पर अग्रलेख लिखवाया जाना चाहिए। तिस पर शुकुल ने कहा कि तब तो सब लिटरली गुड़-गोबर हो जाएगा, और शेष लोगों ने कहा, कि वे सब भी गोबर गणेश बन जाएँगे। उनके ठट्ठे के बीच अचानक संपादक जी को हल्के क्रोध का दौरा पड़ गया। ऐसा शोर मचा, कि कारीडोर में दूसरे डिपार्टमेण्टों के चपरासी भी जमा हो गए—"हम लोग बाहर आए तो वे सब भी हँस रहे थे, उन्होंने कहा। और जोड़ा कि 'अच्छा सीन मिस किया आप लोगों ने' उसका ।"

भूरेलाल चपरासी मुस्कुराया। उसकी कुटिल मुस्कान कह रही थी कि शाम तक यह घटना बिल्डिंग के हर बन्दे तक पहुँच जाएगी। हाल में बैठे हर जन तक तो पहुँच ही चुकी थी।

मन भटकता रहा, तो भी जनसंख्या वाले लेख की आउटलाइन बना ही डाली। बनाकर सोचा क्यों न इसे डिस्कस कर आऊँ, अरे जैसे भी हैं, संपादक जी टीम के लीडर तो हइहै हैं न ?

संपादक जी के कमरे में दरवाजा खटखटाकर जा पहुँचा, तो वे खुश हो गए। हमने बॉस के रूप में बड़ी क्रूरता से उनको एक तरह से गधा टोप पहना कर कोने में ही खड़ा कर रखा था। पर कमाल थी उनकी जिजीविषा, कि किसी के अनाहूत पहुँचने से उनका आत्मविश्वास पुनः तोलाभर बढ़ जाता था, और वे थुथलाते हुए आत्मश्लाघा में चालू हो जाते। इस वक्त भी 'आइए ! आइए' कह कर उन्होंने मुझे बिठाया, और फिर उठंग गए। मेरी समझ नहीं आ रहा था, कि क्या बात करूँ ! क्या कहा जाए उनसे ? कि जी आज जो इन लोगों ने किया, वह ठीक नहीं था ?

— कि आपको कभी-कभी हस्तक्षेप करना चाहिए ?

— कि अपने लेख के बारे में आपसे मार्गदर्शन चाहता था ?

क्या यह आँख का लगभग अंधा और कान का लगभग बहरा शख्स इस काबिल है भी ? मुझे अचानक मतली-सी आने लगी। लगा, कि आना गलत था।

जिद्दू मद्रासी था और हिन्दी समेत सभी भारतीय भाषाओं से उसे उत्कट चिढ़ थी । "क्या मिलता है हिन्दी में ऐसा तुम्हें, जो निराला हो ?"

"ऐसे संपादक, जो जन्म कुण्डली भी बना सकते हैं !"

"और ?"

"सह-संपादक जो बिना परवावज के दफ्तर की टेबल पर दिल्ली घराने की गणेश-परन पूरी की पूरी बजा सकते हो ! और चपरासी जो शेयर और लॉटरी के बूते बीस रुपया सैकड़ा सूद पर सम्पादकीय कर्मियों को उधार देते हैं।"

जिद्दू ने एक गाली दी, जो लोकनिंदा के भय से लिखी नहीं जा सकती।

तुम जानते हो, उसने मुझसे अचानक कहा, "हमारा संपादक साला अकाउण्टेण्ट बाबू था ओरिजिनली ! अपनी बिरादरी के रसूख से बोर्ड तक आ गया, और फिर भीतर ही भीतर कर्मचारियों के शेयर हड़पकर आज बोर्ड को सुपरसीड करके सर्वेसर्वा बन गया है। सुनते हैं बैंक से हमारी तनख्वाह के चेक बाउंस होने जा रहे हैं । मुझे अभी दो बहनें ब्याहनी है और पिता के मोतियाबिन्द का इलाज कराना है ?"

"तो साले तुम अंग्रेजी पत्रकारिता में क्या कर रहे हो ?"

जिद्दू ने पुनः एक गाली दी, जो पुनः लोकनिंदा के भय से यहाँ लिखी नहीं जा रही है।

दफ्तर की ही तरह घर के सामने खड़े होना भी, अंदर घुसने की इच्छा महसूस करना नहीं होता । दफ्तर के आगे ऐसी हुड़क उठने पर चहलकदमी करते हुए पान की दुकान पर जाया जा सकता था। पर यहाँ दूर-दूर तक ऐसी कोई जगह भी नहीं फिर आते-जाते कई लोग परिचित भी थे। सोचेंगे बाहर क्यों खड़ा है ? पूछेंगे भी जरूर। सो भीतर घुसा, चोर कदमों से । बाऊजी के रिटायर्ड मित्र वर्मा जी आए हुए थे। वे दोनों बैठक में थे। चौके में अम्मा बुड़बुड़ाती चाय बना रही थीं, कि ये रिटायर्ड दोस्त भी घंटों आ के बैठ जाते हैं जैसे चूतड़ों पे फेवीकोल लगा हो। चार बार चाय बन चुकी है ! मुझे हँसी आ गई !

"हँसता क्या है जा के दे आ गिलास, मुझे और भी बहुत काम पड़े हैं करने को ! अभी तेरे भाई आ जाएँगे हल्ला करने को ! एक लड़की भी नहीं दी भगवान ने कि हाथ बँटाती !" निरंतर नल की तरह अम्मा की टपकती बुड़बुड़ाहट से कहीं घरेलू किस्म की वैसी शान्ति महसूस हुई, जैसी कोई पंखे की डंडी से घमौरी खुजा

दे तो मिलती है।

घर के जिम्मेदार बड़े बेटे की तरह बड़े सलीके से चाय के गिलास तश्तरी में लेकर बैठक में पहुँचा।

"आओ बर्खुरदार!" वर्मा जी ने गिलास उठा लिया।

"कैसा चल रहा है काम ?"

"जी, ठीक है।"

बाऊजी का चाय की चुस्की से भरा चेहरा वात्सल्य से कुछ नर्म-गर्म हो आया ! रिटायर होने के बाद भी जीवन और समाज में उनकी आस्था बरकरार थी। हर दुःख और अवसाद के मौके को टालने के लिए उनके पास चंद सटीक सूक्तियाँ थीं जो बतातीं कि धीरे-धीरे रे मना, धीरे-धीरे सब ठीक हो जाता है; कि विपत्ति में धीरज और आपत्ति में क्षमा भाव रखना चाहिए; और कि संतोष पास में हो तो सब धन धूल समान है ! यह बात और थी, कि अम्मा उनकी सूक्तियों को अपनी हुँह हुँह से तुरंत बाहर बुहार कर फेंक देती । अम्मा का यकीन किया जाए तो इनमें से अधिकतर सूक्तियाँ उन्हें हमारी उन मरहूम दादी से मिली थीं, जिन्होंने अपने जीते-जी बहुओं के तो बस प्राण ही अकच्छ किए और जो मरते समय, अपनी तमाम बचीखुची बेटियों को पकड़ा गई । उन्हें मिले छूँछे आशीर्वाद और बाऊजी को मिली बस सूक्तियाँ !

अम्मा के पास सास के अत्याचार, ननदों के स्वार्थीपने और बाऊजी की निस्पृह मातृभक्ति को लेकर दुःखों की तीन अलग-अलग लड़ियाँ थीं। जब कभी हम सब आस-पास बैठते तो वे इन्हें तुरंत सबके आगे फैला कर चोटियों की तरह गूँथने लगतीं। इसी से हम सब साथ-साथ बैठते कुछ डरते थे, और अम्मा पछताते सुर में सुना-सुनाकर कहती रहती कि, भगवान ने एक बेटी दी होती तो कोई तो होता उसका सुख-दुःख सुनने वाला ! पर भगवान ने उनकी कब सुनी है ? वगैरह !

अभी अम्मा चौके में स्टोव की भरभराहट से घिरी दूर बैठी थीं, सो बाऊजी के पास थोड़ी देर निर्द्वंद्व हो के बैठा जा सकता था। मैं बैठ गया।

"क्या खबर है संसद के इस सत्र की ?" वर्मा साहब ने पूछा । वे वैसे उठने ही वाले थे। चार गिलास चाय और बाऊजी की सूक्तियों की अपच उनके चेहरे पर झलक रही थी। पत्रकारों से सब लोग राजनीति पर ही बात क्यों करते

होंगे, जैसे कि जानते न हों कि ज्यादेतर समय एक पत्रकार राजनीति के बाहर अपनी बस पकड़ के दफ्तर जाता, पान खाता—थूकता और पनवाड़ी के खोखे के आगे रस्सी से सिगरेट सुलगाता होता है। या फिर लड़ता-हँसता-गुस्सा होता, सड़क से गुजरती नामहीन लड़कियों पर लालसाभरी नजर डालता, शाम खाने में क्या होगा सोचता पाया जा सकता है।

"देखिए"— मैंने फुर्सती उत्तर की ढाल अड़ा दी और अपनी चाय पीने लगा। चाय में चीनी कम और किरासन की हल्की सी गंध थी । इतने बरसों में भी हमारी अम्मा को स्टोव पर चाय बनाना नहीं आया था। गैस का सिलिंडर घर में था, पर अम्मा में अजीब किस्म की किफायतशारी थी। अपनी दोस्तों में रोब झाड़ने को, कि उनकी गैस दो महीने चलती है, वे गैस से इतर तरह-तरह के दूसरे ईंधन वाले चूल्हा—उपकरणों की मदद से बेस्वाद खाना बनाती रहतीं।

"विदेशी मुद्रा तो काफी आ रही है। पर इस घोटाले ने नई अर्थनीति का सत्यानाश कर दिया है। वो तो प्रेस न होता तो हमें पता भी न चलता ।"

"दी प्राइस ऑफ डेमोक्रेसी इज इटर्नल विजिलैंस !" बाऊजी ने जाने क्यों अंग्रेजी में कहा।

"दरअसल लोकतंत्र के चारों पायों में अब मीडिया ही है जो बच रहा है ! शेष तो टूट - फूट के जाने कहाँ रह गए। अब मीडिया है, और ये लोग हैं हमारी उम्मीदों के चिराग —" बाऊजी की पुश्तैनी वक्तृता अब हिन्दी में भरभराते स्टोव की ओट पाकर बह चली थी।

पाँच गिलास चाय के आतिथ्य से भरे भराए वर्माजी हिलते-डुलते उठने लगे।

"चलो, अब तुम्हारी पीढ़ी के हाथ में, क्या नाम, देश का भविष्य है। कभी तुम्हें भी सम्पादक बना देख लेंगे। हमारे देश में तो प्रेस की मार्फत ही होगा लोकतंत्र का सच्चा उद्धार ।"

हालाँकि मैं यह जानता था कि यह होना नहीं चाहिए था, पर मुझे इतनी जोरों से हँसी आई उनके इस वाक्य पर, कि हँसते-हँसते मेरी आँखों में आँसू आ गए ।

[1994]